こちらパーティー編集《へんしゅう》部《ぶ》っ！②

へっぽこ編集《へんしゅう》部《ぶ》VS《ヴァーサス》エリート新聞《しんぶん》部《ぶ》!?

深海《ふかみ》ゆずは・作
榎木《えのき》りか・絵

角川つばさ文庫

PARTY HENSHUBU

登場人物紹介《とうじょうじんぶつしょうかい》

黒崎旺司《くろさきおうじ》 中1

▲ゆののお隣《となり》さん。嫌味《いやみ》なくせに女子《じょし》に大人気《だいにんき》の、『黒《くろ》の王子《おうじ》』様《さま》！

編集長《へんしゅうちょう》

白石《しらいし》ゆの 中1

▲勉強《べんきょう》も運動《うんどう》も×《ペケ》でムダに元気《げんき》な中《ちゅう》1女子《じょし》。5年《ねん》ぶりに故郷《こきょう》に帰《かえ》ってきた。

青木《あおき》トウマ 中2

▲学園《がくえん》のアイドル。一見《いっけん》ナルシストで女好《おんなず》き。でも実《じつ》は…？

赤松円馬《あかまつえんま》 中1

▲学園一《がくえんいち》の不良《ふりょう》。全校《ぜんこう》生徒《せいと》どころか全先生《ぜんせんせい》の秘密《ひみつ》をにぎる!?

西園寺《さいおんじ》しのぶ 中2

▲三《み》ツ星学園《ほしがくえん》の生徒会長《せいとかいちょう》。神父《しんぷ》みたいで神々《こうごう》しい！

銀野《ぎんの》しおり 中1

▲初対面《しょたいめん》でゆのを生《い》け贄《にえ》と呼《よ》んだ、あやしすぎるホラー少女《しょうじょ》。

ひなこちゃん 中1

ゆのの同級生《どうきゅうせい》。本《ほん》が大好《だいす》き。

ハルちゃん

ママの担当編集者《たんとうへんしゅうしゃ》。これでも♂《オトコ》！

ゆののママ

ホラーまんが家《か》の白石《しらいし》ゆかり。

宝井編集長《たからいへんしゅうちょう》

パーティーの元編集長《もとへんしゅうちょう》。失踪中《しっそうちゅう》。

青木《あおき》ミヤ 中2

トウマ先輩《せんぱい》の双子《ふたご》の姉《あね》。

灰塚先輩《はいづかせんぱい》 中2

新聞部《しんぶんぶ》の副部長《ふくぶちょう》。すごい偉《えら》そう。

こちパっ！
これまでのあらすじ
あたし、白石《しらいし》ゆの！
5年《ねん》ぶりに故郷《こきょう》に帰《かえ》ってきて…
だれ!?
幼《おさな》なじみ
売《う》られたケンカは買《か》うぜ
バチバチッ!!
私《わたし》の使《つか》い魔《ま》です
三《み》ツ星学園《ほしがくえん》で個性的《こせいてき》(!?)な部員《ぶいん》をなんとか集《あつ》めて、パーティー編集部《へんしゅうぶ》を作《つく》ったんだ！
いまほど自分《じぶん》の美《うつく》しさを罪深《つみぶか》いと思《おも》ったことはないよ！
マンガ家《か》
グスッ
大丈夫《だいじょうぶ》か？
つらいことや大変《たいへん》なこともいろいろあったけど……
なめてんじゃねーよ
ひーっ
ドーン
な…なにが起《お》きてるか教《おし》えて……!?
ついに創刊号《そうかんごう》が完成《かんせい》したんだよ！めでたし、めでたし！
Party
……のはずだったんだけど!?

もくじ

「新《あたら》しくなった雑誌《ざっし》『パーティー』創刊《そうかん》おめでとう。ゆの、がんばったね」

「パパ！　読《よ》んでくれたの？　最後《さいご》までがんばれたのは、仲間《なかま》とパパのおかげだよ」

天国《てんごく》のパパが作《つく》った雑誌《ざっし》を復活《ふっかつ》させるのが、ずっとあたしの夢《ゆめ》だった。

文化祭《ぶんかさい》で、ようやくその第一歩《だいいっぽ》がふみだせたんだよ。

どこから話《はな》そう。ねぇ、パパ聞《き》いてくれる？

話《はな》したいことがたくさんあって。ポロポロと涙《なみだ》があふれてくる。

あれ？　でもパパは天国《てんごく》にいるはずなのに……。

どうしてあたしの前《まえ》にいるんだろう。

違和感《いわかん》などおかまいなしに、目《め》の前《まえ》にあらわれたパパは、昔《むかし》と同《おな》じおだやかな笑《え》みを浮《う》かべる。

それから大《おお》きな手《て》で、あたしの頭《あたま》をやさしくなでてくれたんだ。

「――ゆのちゃん。創刊《そうかん》おめでとう」

「宝井編集長《たからいへんしゅうちょう》まで来《き》てくれたんですか？　ありがとうございます」

いつの間《ま》にかパパの後《うし》ろにあらわれたのは、超絶美形《ちょうぜつびけい》の宝井編集長《たからいへんしゅうちょう》。

あたしが雑誌《ざっし》を作《つく》るキッカケを与《あた》えてくれた、本家《ほんけ》『パーティー』の編集長《へんしゅうちょう》だ。

くっ、なんてカンペキなスマイル。あいかわらずお美《うつく》しいわっ！

宝井編集長《たからいへんしゅうちょう》はあたしたちが作《つく》った『パーティー』創刊号《そうかんごう》をたずさえ、ツカツカとやってきた。

しかし宝井編集長《たからいへんしゅうちょう》が口《くち》にしたのは、世《よ》にもおそろしい言葉《ことば》だった。


「――でも。ゆのちゃん、この雑誌《ざっし》、まちがいが多《おお》すぎるよ」


「ええっ!?」

宝井編集長《たからいへんしゅうちょう》が開《ひら》いて見《み》せたページには、赤《あか》ペンで×《ペケ》と赤字《あかじ》の嵐《あらし》！

すさまじく悪《わる》いテストの解答《かいとう》？　あれみたいに真《ま》っ赤《か》っ赤《か》なんだけど！

赤字《あかじ》だらけの雑誌《ざっし》を開《ひら》いた宝井編集長《たからいへんしゅうちょう》は、煙《けむり》のようにゆらゆらゆれる。

すると、今度《こんど》は学園《がくえん》のアイドル兼《けん》マンガ家《か》の青木《あおき》トウマ先輩《せんぱい》があらわれた。

「――よりによって、この僕《ぼく》のページでミスるなんてええええ！　土下座《どげざ》しろおおお！」

「ぎゃあああっ。すみませんでしたーーっ！」

1 請求書《せいきゅうしょ》は、あらしの幕開《まくあ》け!?

パチリ。

目《め》を開《ひら》くと、そこは見《み》なれたあたしの部屋《へや》。

ゆ、夢《ゆめ》!?

ドクドクドク。

左胸《ひだりむね》に手《て》をあてると、心臓《しんぞう》はハレツしそうないきおいで、脈打《みゃくう》っている。

今日《きょう》もまたあの悪夢《あくむ》か。コワすぎて全身汗《ぜんしんあせ》びっしょりだよ。

「――ゆるしてやる。ゆるしてやるから。いいかげん、とっとと起《お》きろっ！」

「うぎゃあああーっ！　王子《おうじ》っ。神聖《しんせい》な乙女《おとめ》の部屋《へや》に、入《はい》って来《こ》ないでええ！」

目《め》の前《まえ》には、幼《おさな》なじみでおとなりさんの**黒崎旺司《くろさきおうじ》**。通称《つうしょう》・**黒《くろ》の王子《おうじ》**。

女子《じょし》に絶大《ぜつだい》な人気《にんき》がある男《おとこ》の子《こ》。

……と言《い》ってもあたしにとっては、ただの口《くち》うるさい、ふつーの幼《おさな》なじみだけどね。

おどろいてもう一度《いちど》布団《ふとん》をかぶろうとすると、王子《おうじ》は残酷《ざんこく》にも、あたしの布団《ふとん》をひっぺがす。

「ドアの前《まえ》で呼《よ》びかけること10分《ぷん》。いっこうに起《お》きないからだ。しかもこ・れ・が、乙女《おとめ》の部屋《へや》だぁ？　**汚部屋《おべや》**のまちがいだろーがっ！」

スパーンっ。

「ぎゃーっ！」

朝《あさ》から、ようしゃなく頭《あたま》をはたかれ、悲鳴《ひめい》をあげる。

え？　『汚部屋《おべや》』ってなにかって？

『おべや＝汚部屋《おべや》』とは、ちょ～っとだけちらかってるお部屋《へや》☆　って意味《いみ》。

え？……もっと、くわしく聞《き》きたい？

ちょ、ちょっとだけ、片《かた》づいてないだけなんだけど……。（モニョモニョ）

えー。右《みぎ》に見《み》えますのが、ぬぎちらかした洋服《ようふく》の山《やま》。

左《ひだり》に見《み》えますのが、『すてるかも入《い》れ段《だん》ボール』。（はみだしまくってるけど気《き》にしないで！）

勉強《べんきょう》（してないけど）机《づくえ》には、だしっぱなしのノート、ペン、手帳《てちょう》。

あけっぱなしの引《ひ》きだしには、読《よ》みかけの本《ほん》や教科書《きょうかしょ》がつまれていて、もはや閉《し》まらない。

そしてトドメはこの部屋《へや》の名物《めいぶつ》と呼《よ》ばれる、本《ほん》と雑誌《ざっし》のタワー！

ものすごくあやうく芸術的《げいじゅつてき》なバランスでつみあがったソレは、別名《べつめい》・白石家《しらいしけ》のピサの斜塔《しゃとう》！

ピサの斜塔《しゃとう》は世界遺産《せかいいさん》なんだけど、前《まえ》に写真《しゃしん》見《み》せてもらったら、すごく似《に》てたの。

しかもうちのは、本物《ほんもの》よりすごかったんだよ！

たおれるギリギリ手前《てまえ》のところでつみ重《かさ》なった本《ほん》のタワーは、山脈《さんみゃく》みたいに見《み》えるんだから！

王子《おうじ》が山脈《さんみゃく》の一部分《いちぶぶん》に「ふっ」と息《いき》をふきかけると――、
ダダダダ――っ。

「うぎゃー！　やめてえええ！」

ものすごい音《おと》をたてて本《ほん》がなだれをおこす。

「王子《おうじ》、本《ほん》は大事《だいじ》にして！」

「大事《だいじ》にしてないのはおまえだろう！　いつか大切《たいせつ》な物《もの》がなくなって泣《な》くはめになるからな」

王子《おうじ》はいじわるな目《め》でジロジロと部屋《へや》を見《み》ると、ある一角《いっかく》に目《め》をとめる。

「――このペットボトル、まさか一昨日《おととい》のじゃないだろうな」

ギクリ。

「夏《なつ》じゃないから大丈夫《だいじょうぶ》。それに麦茶《むぎちゃ》だし！」

おさとうが入《はい》ってないからまだ安全《あんぜん》だよ！　と胸《むね》をはると、王子《おうじ》の怒《いか》りが頂点《ちょうてん》にたっする。

「ナマモノだけはすてろと…あれほど言《い》っただろーっ！　もう置《お》いてくからな！」

「や、むしろ置《お》いてってください！」

「アホ！　みすてたら、絶対《ぜったい》に二度寝《にどね》して遅刻《ちこく》するだろうがっ！」

「えーん！　まだ寝《ね》たいよーっ（涙《なみだ》）」

かくして無情《むじょう》にも、楽園《らくえん》（布団《ふとん》の中《なか》）からひきずりだされたのだった――。（アーメン）

引《ひ》きずられるようにリビングへ移《うつ》ると、窓《まど》からは光《ひかり》がさしこんでいた。今日《きょう》も快晴《かいせい》！

部屋《へや》の中《なか》は、用意《ようい》されたあまいパンケーキのにおいにつつまれている。

パンケーキのにおいっていいよね。

「おはよう。ゆのちゃん」

でむかえてくれた長身《ちょうしん》の美人《びじん》はあたしのママ……じゃなくて**ハルちゃん**。

ハルちゃんはすんごいキレイで、口調《くちょう》が女子《じょし》っぽいんだけど、れっきとした男《おとこ》の人《ひと》！

あたしのママの被害者《ひがいしゃ》……じゃなかった、マンガの担当《たんとう》さんなんだ。

うちの**ママ**はホラーマンガを描《か》いていてね、いちおう大人《おとな》には絶大《ぜつだい》な人気《にんき》があるらしい。（ぶっちゃけ、ママの暴君《ぼうくん》な態度《たいど》のほうがホラー入《はい》ってるけどっ！）

……あ。イキナリ説明《せつめい》もなく話《はな》しだしちゃってごめん！

いつも王子《おうじ》に、話《はなし》がとびすぎ！　とっぴすぎ！　って怒《おこ》られるんだった！


あたし**白石《しらいし》ゆの**。12才《さい》。

小学校時代《しょうがっこうじだい》はホラーマンガ家《か》のママに連《つ》れられ、全国《ぜんこく》のホラースポットめぐりをしていたの。

ようやく旅《たび》が終《お》わったら中学《ちゅうがく》1年生《ねんせい》になっててね。

9月《がつ》から幼《おさな》なじみの王子《おうじ》も通《かよ》う、三《み》ツ星学園《ぼしがくえん》に転校《てんこう》してきたんだ。

中学《ちゅうがく》では、絶対《ぜったい》にかなえたい夢《ゆめ》があってね。

すごく気合《きあ》いを入《い》れて入学《にゅうがく》したんだ。（でも初日《しょにち》に、大失敗《だいしっぱい》しちゃったけど）

え？　夢《ゆめ》はなにかって？

それは**伝説《でんせつ》の雑誌《ざっし》『パーティー』**を復活《ふっかつ》させること！

本物《ほんもの》の『パーティー』は、発行部数《はっこうぶすう》数百万部《すうひゃくまんぶ》の大人気雑誌《だいにんきざっし》でね。

大人《おとな》を中心《ちゅうしん》に絶大《ぜつだい》な人気《にんき》があったんだけど。

なんと！　それを作《つく》っていたのが、うちの**パパ**だったんだよ！

でも雑誌《ざっし》は5年前《ねんまえ》に人気絶頂《にんきぜっちょう》の中《なか》、理由《りゆう》も告《つ》げられず廃刊《はいかん》になっちゃって……。

泣《な》いていたあたしの前《まえ》に、神様《かみさま》みたいな人《ひと》があらわれたの！

その人《ひと》は『パーティー』編集長《へんしゅうちょう》、**宝井秀人《たからいひでと》さん**。

あたしは「雑誌《ざっし》を終《お》わらせないでほしい」ってお願《ねが》いしたの。

そしたら宝井編集長《たからいへんしゅうちょう》は、「終《お》わらせたくないなら、きみが作《つく》ればいい」って言《い》って、あたしに雑誌《ざっし》をたくしてくれたんだ。


「それにしても。ゆのちゃん、またあの夢《ゆめ》を見《み》たの？」

生《なま》クリームののったココアをあたしにわたしながら、ハルちゃんはぷぷぷと笑《わら》った。

「えーん。ハルちゃん。笑《わら》いごとじゃないからっ！（涙《なみだ》）」

ううう。

仲間《なかま》を集《あつ》めて、新《しん》『パーティー』を文化祭《ぶんかさい》のときに創刊《そうかん》したんだけど（すっっごい事件《じけん》があったんだよ！）、雑誌《ざっし》は大成功《だいせいこう》！

100部限定《ぶげんてい》で作《つく》った雑誌《ざっし》はあっと言《い》う間《ま》になくなっちゃって。

雑誌《ざっし》を求《もと》めて宝探《たからさが》しゲームまでおこなわれるほどの大盛況《だいせいきょう》だったんだ。

あー……。

ここまでは本当《ほんとう》に本《ほん》っ当《とう》によかったんだけど。

それから少《すこ》しするとクレームの嵐《あらし》が訪《おとず》れたの……。（ああ、思《おも》いだしたくないよっ）

ギリギリの極限状態《きょくげんじょうたい》で作《つく》っていたせいか、「字《じ》が汚《きたな》くて読《よ》めない！」とか「そもそも字《じ》をまちがってる！」みたいな連絡《れんらく》が読者《どくしゃ》さんから届《とど》いて。（涙《なみだ》）

し・か・もっ！

やっちまったんですよ！

一見《いっけん》キラキラ☆　でもメッチャこわい、**トウマ先輩《せんぱい》**の原稿《げんこう》で絶対《ぜったい》やっちゃいけない大失敗《だいしっぱい》を！

「キャラの名前《なまえ》がまちがってるよ？」って連絡《れんらく》をもらったときは、いままで感《かん》じたことのない恐《きょう》怖《ふ》で、腰《こし》から冷《ひ》えていくような感《かん》じがしたんだからっ。

文字《もじ》のミスは編集者用語《へんしゅうしゃようご》で『**誤植**《ごしょく》』って言《い》われる、最《もっと》も気《き》をつけなきゃいけないミスのひとつ。

気《き》のせいであってほしいと思《おも》って、急《いそ》いで雑誌《ざっし》を確認《かくにん》したけど……。

バッチリ、名前《なまえ》を1箇所《かしょ》、そのほかにも2箇所《かしょ》もケアレスミスしちゃいました……。

トウマ先輩《せんぱい》には3時間土下座《じかんどげざ》しろ！　って怒《おこ》られるしっ。

ううっ。自分《じぶん》のフガイなさに、泣《な》きたい……。

「ま。誤植《ごしょく》は病気《びょうき》と同《おな》じ。何度《なんど》も何千回《なんぜんかい》もやるよ。永遠《えいえん》にね」

「ママ！」

冷《ひ》えピタを貼《は》って出《で》てきたママ（昨日《きのう》も徹夜《てつや》だったのか……）は、冷蔵庫《れいぞうこ》からペットボトルを取《と》りだし、コップに移《うつ》すこともなく直接《ちょくせつ》グビグビッと飲《の》み干《ほ》すと、ニヤリと笑《わら》った。

「ゆのちゃんにはかわいそうだけど、ミスしやすい人《ひと》っているわよね〜。病気《びょうき》レベルで」

ハルちゃんっ。そんないたわるような目《め》で見《み》ないで！（涙《なみだ》）

「——まぁ誤植《ごしょく》があっても、大好評《だいこうひょう》だったわけだろ。いちおう」

「ううう。トゲのある王子《おうじ》の言《い》いかたにムカつくんですが——喜《よろこ》んでくれたとは思《おも》う」

ボソボソとそう告《つ》げると、王子《おうじ》は腕《うで》ぐみしてあたしを見《み》た。

「じゃあ、2号《ごう》もうちで作《つく》るつもり？」

「モチロンだよ！」

ママの問《と》いかけに胸《むね》をはって答《こた》えると、「じゃあコレ」とママは1枚《まい》の紙《かみ》を手《て》わたした。


ペラリ。


「…………」

「アンタにわたしておくわ」

「……ナニコレ？」

「見《み》てのとおり。**請求書《せいきゅうしょ》**」

印刷代《いんさつだい》に、紙代《かみだい》に、ハルちゃんの人件費《じんけんひ》に、作業《さぎょう》に使《つか》ってたリビングのレンタル代《だい》までっ⁉

「鬼《おに》ぢゃーっ！　じーさんっ、ここに本物《ほんもの》の鬼《おに》がおるううっ！」

「誰《だれ》がじーさんだよ。おまえ動揺《どうよう》しまくっておかしくなってるぞ……」

あきれた顔《かお》の王子《おうじ》があたしの手《て》からその1枚《まい》の紙《かみ》を奪《うば》う。

「さすが先生《せんせい》――家族価格《かぞくかかく》じゃないですね、コレ」

「そ、そうだよ！　せめてかわいい娘《むすめ》のために、家族割《かぞくわり》とかないの！」

「ばかもん！　プロの機械《きかい》を使用《しよう》して作《つく》ってんだから、こんくらいあたりまえでしょうが！」

ひーっ！　プロ意識《いしき》の高《たか》い、お母様《かあさま》の逆鱗《げきりん》にふれてしまった！

「芸《げい》が細《こま》かい。さすが白石先生《しらいしせんせい》……まさかこれを作《つく》るために徹夜《てつや》してたんじゃないですよね!?」

感心《かんしん》しながら請求書《せいきゅうしょ》をみつめていたハルちゃんの声《こえ》がどんどん震《ふる》えてくると、ママは目《め》をそらしてピューピューと口笛《くちぶえ》をふく。

「そんなわけで、お年玉《としだま》を入《い》れてた通帳《つうちょう》。すぐによこしな」

「うわあ――――ん」

ママはやると言《い》ったらやる人《ひと》だ。

泣《な》きくずれたあたしを、クールな幼《おさな》なじみもさすがにかわいそうに思《おも》ったのかな。

王子《おうじ》はなぐさめるように、あたしの背中《せなか》を優《やさ》しくさする。

「でもまぁ、雑誌《ざっし》はぶじに完売《かんばい》したわけだし。ちょっとはお金《かね》があるんだろ？」

「…………た」

「ん？」

聞《き》き取《と》れないというように、王子《おうじ》があたしの口元《くちもと》に耳《みみ》を近《ちか》づける。

「……タダでくばってしまいました」

「「「**はあぁっ!?**」」」

あたしの告白《こくはく》が、衝撃《しょうげき》だったのか、全員《ぜんいん》がすっとんきょうな声《こえ》をあげた。

「せっかく作《つく》った雑誌《ざっし》だよ？　ひとりでも多《おお》くの人《ひと》に読《よ》んでもらいたかったんだもんっ」

「ゆのちゃんっ。最高《さいこう》！　やさしい子《こ》に育《そだ》ってよかった！（感涙《かんるい》）」（天使《てんし》ハルちゃん）

「自業自得《じごうじとく》。ボランティアじゃないんだから。痛《いた》い目《め》みて勉強《べんきょう》しな」（鬼《おに》ママ）

ハルちゃんは目《め》をうるませ感動《かんどう》し、ママは悪魔《あくま》のような言葉《ことば》をつげる。

ううう っ。身《み》を切《き》るような痛《いた》みとはこの痛《いた》みをい

うのですね！

「次《つぎ》もうちを使《つか》うなら、請求書《せいきゅうしょ》と同《おな》じ金額《きんがく》を先《さき》に家主《やぬし》の私《わたし》にわたすように」

「えーん！　そんなのムリだよーっ。ママの鬼《おに》！」

「ぶっちゃけ、アンタたちがギャーギャーいいながらやってると、集中《しゅうちゅう》できない！」

ぎえーっ。やっぱりうるさかったですか!?

「それに私《わたし》がマンガ描《か》かなきゃ、アンタもクロミツもおまんま、食《く》いっぱぐれるよ！」

「ニャーッ！　ニャ！（泣《なみだ》）」

めしぬきという不穏《ふおん》な言葉《ことば》に、わが家《や》の愛猫《あいびょう》クロミツまでが、毛《け》を逆立《さかだ》ててフーフーさわぐ。

ううう、ママのおかげでごはんが食《た》べられてるのは事実《じじつ》ですもんね。（涙《なみだ》）

「ごめんね。ゆのちゃん。わたしも本当《ほんとう》は味方《みかた》してあげたいんだけど……」

すまなそうにハルちゃんが、あたしの肩《かた》にそっと手《て》を置《お》く。

「わたし社畜《しゃちく》っていう会社《かいしゃ》の犬《いぬ》で、先生《せんせい》の奴隷《どれい》でしょ？　自分《じぶん》の仕事《しごと》…すなわち先生《せんせい》の原稿《げんこう》を取《と》ることがいちばん大事《だいじ》なのっ。自分《じぶん》の身《み》がかわいいわたしをゆるしてっ！」

ぶわっと顔《かお》をおおってハルちゃんは泣《な》き出《だ》す。

「ハルちゃんはわるくないから！　ごめん！」

ハルちゃんといっしょに泣《な》きじゃくるあたしをみた王子《おうじ》が、腕組《うでぐ》みしてつぶやく。

「――こうなったらアレだな」

「アレ？」

「学園《がくえん》に申請《しんせい》して、**部活《ぶかつ》**にしてもらうしかないだろう」

なるほど！　王子《おうじ》、あったまいいーっ！

「そっか！　部活《ぶかつ》になったら、部費《ぶひ》だって少《すこ》しは入《はい》るだろうし」

さっそく職員室《しょくいんしつ》で聞《き》いてみなくっちゃ！

「王子《おうじ》、早《はや》く！　学校《がっこう》行《い》こうよ！」

「……おまえがモタモタしてたくせに。本当《ほんとう》に強引《ごういん》な性格《せいかく》なんだから」

ため息《いき》をつきながらも、「あわててころぶなよ」と言《い》いつつ、王子《おうじ》はすばやく荷物《にもつ》をまとめる。

「**いってきます！**」

元気《げんき》に叫《さけ》ぶと、あたしたちは学校《がっこう》へと走《はし》りだす。

よぉーしっ、みてろぉ！　絶対《ぜったい》に部活《ぶかつ》に昇格《しょうかく》してやるんだからーっ。

2 三《み》ツ星《ぼし》学園《がくえん》の生徒《せいと》会長《かいちょう》、登場《とうじょう》！

「おはようございます！」

「あら。白石《しらいし》さん。自発的《じはつてき》に職員室《しょくいんしつ》に来《く》るなんて。——まさか朝《あさ》からお呼《よ》びだし!?」

職員室《しょくいんしつ》にいた担任《たんにん》の**雪村先生**《ゆきむらせんせい》を見《み》つけ、あたしは涙声《なみだごえ》でかけよった。

「ちがいます！　先生《せんせい》！　一生《いっしょう》に一度《いちど》のお願《ねが》いが！」

「あなたからお願《ねが》いって言《い》われると怖《こわ》いけど……なにかしら？」

あたしは先生《せんせい》につかみかからんばかりの勢《いきお》いで、雪村先生《ゆきむらせんせい》に訴《うった》える。

「文化祭《ぶんかさい》で作《つく》った雑誌《ざっし》の2号《ごう》をまた作《つく》りたいので、正式《せいしき》に学園《がくえん》の部活《ぶかつ》に申請《しんせい》したいんです！　どうすればいいんでしょうか!?」

先生《せんせい》はクスクスと笑《わら》い、それが合図《あいず》のように、状況《じょうきょう》を見守《みまも》っていた先生《せんせい》たちまでも笑《わら》いだす。

「——まったく。本当《ほんとう》に文化祭《ぶんかさい》に雑誌《ざっし》を創刊《そうかん》しちゃうんだもの。先生《せんせい》、びっくりしたわよ」

そう言《い》う雪村先生《ゆきむらせんせい》の声《こえ》は、どこか楽《たの》しげだ。

雪村先生《ゆきむらせんせい》には最初《さいしょ》は反対《はんたい》されたんだけど。どうしても作《つく》りたくて、強行突破《きょうこうとっぱ》したんだよね。

「しかも。メンバーは、とっても個性的《こせいてき》な生徒《せいと》ばかりだし」

「おかげさまで、先生《せんせい》の記事《きじ》も好評《こうひょう》でした！」

あたしの言葉《ことば》に、先生《せんせい》は恥《は》ずかしそうにカアアっと顔《かお》を赤《あか》らめる。

雪村先生《ゆきむらせんせい》は、かげで『カタブツ雪村《ゆきむら》』ってアダ名《な》をつけられてたらしいの。

でも記事《きじ》がでてからは、**『セクシー雪村《ゆきむら》』**にアダ名《な》が変《か》わったんだって。

「赤松《あかまつ》くん、本当《ほんとう》に怖《こわ》いわ――。なんであんな写真《しゃしん》まで持《も》ってたのかしら。なぞね」

先生《せんせい》はアルゼンチンタンゴを習《なら》っていてね。かなりの腕前《うでまえ》なんだって。

『パーティー』創刊号《そうかんごう》では、先生《せんせい》たちの意外《いがい》な一面《いちめん》を取《と》りあげた。

学校《がっこう》で見《み》るのとはちがう先生《せんせい》たちの顔《かお》が見《み》られて、生徒《せいと》たちにも大好評《だいこうひょう》だった。

実《じっ》は先生《せんせい》たちの中《なか》でも印象《いんしょう》が変《か》わったらしく、雪村先生《ゆきむらせんせい》に最大《さいだい》のモテ期《き》が到来《とうらい》したらしい。

「それより急《きゅう》に部活《ぶかつ》にしたいなんて、どういう風《かぜ》のふきまわし？」

「うちの鬼《おに》ママが、かよわい娘《むすめ》からお年玉《としだま》を巻《ま》きあげるので、もう家《いえ》で雑誌《ざっし》が作《つく》れなくなってしまったんです……。ですから部活《ぶかつ》に正式認定《せいしきにんてい》してもらいたいんです」

あたしが今朝起《けさお》こった悪夢《あくむ》を雪村先生《ゆきむらせんせい》に訴《うった》えると、先生《せんせい》はにニッコリとほほ笑《え》む。

「──これは私《わたし》の個人的《こじんてき》な意見《いけん》だけど。とてもしっかりしたいいお母様《かあさま》ね」

「は？　娘《むすめ》を平気《へいき》で千尋《せんじん》の谷《たに》へつきおとす、あの鬼《おに》ママが!?」

先生《せんせい》どうしちゃったんですか!?　あたしの話《はなし》をちゃんと聞《き》いてください！

「かわいいわが子《こ》を千尋《せんじん》の谷《たに》におとすのも勇気《ゆうき》がいるのよ」

それに……と雪村先生《ゆきむらせんせい》は言葉《ことば》をつづける。

「なにをするにもお金《かね》がかかるのは事実《じじつ》。それを知《し》っているか知《し》らないかで、物《もの》に対《たい》してのありがたみや取《と》りくむ気持《きも》ちが変《か》わるでしょ」

たしかにお金《かね》って、銀行《ぎんこう》にいけばもらえるもんだと思《おも》ってたんだけど、ちがうんだよね。

親《おや》が働《はたら》いてくれないと、ほしいものが買《か》えないどころか、生活《せいかつ》するのすら大変《たいへん》だもん。

うちはビンボーだったから、ちいさいときからママはお金《かね》にだけは厳《きび》しかった。

「事情《じじょう》はわかりました。先生《せんせい》からも上《うえ》に言《い》ってみます」

「え？　本当《ほんとう》に!?　やったー!!!」

あっさりOK《オーケー》？　『案《あん》ずるより産《う》むが易《やす》し！』って、むかしの人《ひと》はいいこと言《い》うなぁ。

「ただし。正式《せいしき》に部活《ぶかつ》として動《うご》けるのは4月《がつ》からね」

「うえええええ!?　なんでですかー？」

また大《おお》きな叫《さけ》び声《ごえ》をあげて！　と雪村先生《ゆきむらせんせい》はこめかみをおさえる。

「年度《ねんど》のまっただ中《なか》に、新《あたら》しい部活《ぶかつ》を申請《しんせい》するのはムリなのよ」

「でも春《はる》まで次《つぎ》の号《ごう》がなかったら、みんな忘《わす》れちゃいます！」

「でも学校《がっこう》としては年度《ねんど》のはじめに部費《ぶひ》の調整《ちょうせい》などあるから。そこで受理《じゅり》されないとお金《かね》はだせないの。あきらめてちょうだい」


ガーン！


「――だって。気《き》の毒《どく》だったな」

王子《おうじ》の声《こえ》にハッとし、王子《おうじ》ににじりよる。

「黒崎君《くろさきくん》。せんじつ通帳《つうちょう》をひろげてニヤニヤしてましたよね？」

王子《おうじ》はギョッとしたように赤《あか》くなり、大声《おおごえ》で叫《さけ》ぶ。

「～～っ。そんなのおまえに関係《かんけい》ないだろーがっ！」

「ひぃぃぃぃっ！　暴力反対《ぼうりょくはんたい》っ」

春《はる》まで部活《ぶかつ》に申請《しんせい》できない以上《いじょう》、王子《おうじ》に助《たす》けてもらうしかないっ。

がばっと王子《おうじ》の制服《せいふく》のえりをつかんでひき寄《よ》せ、懇願《こんがん》する。

「お願《ねが》いっ。何十年《なんじゅうねん》かかっても必《かなら》ずかえすから、いますぐお金《かね》貸《か》してください！」

「**はぁっ!?**」

「ニヤニヤ通帳《つうちょう》をながめてるより、たまにはパーッと使《つか》うほうが楽《たの》しいよ！」

「なにがパーッと使《つか》うだ。ふざけるな！」

ゴチン！

恐怖《きょうふ》のゲンコツがふってくる。

「ぎゃーっ！　先生《せんせい》、この人《ひと》、女子《じょし》にゲンコツかましました！」

「――いまのやりとりを客観的《きゃっかんてき》にみると、どう考《かんが》えてもあなたが悪《わる》いでしょ」

サスガ雪村先生《ゆきむらせんせい》、冷静《れいせい》ナツッコミデス。

「おまえの言《い》ってるそれも、立派《りっぱ》な言葉《ことば》の暴力《ぼうりょく》。むしろ恐喝《きょうかつ》という犯罪《はんざい》だろうが！　しかも何十《なんじゅう》年先《ねんさき》とかサラッと言《い》いやがったな！　いったいどんだけ待《ま》たせる気《き》なんだ!?」

「女子《じょし》は必要《ひつよう》なものがいっぱいあるんだもんっ」

「汚部屋《おべや》にころがってる、マンガとか本《ほん》とか、シールやペンやノートだろ！」

ギクギクギクーっ。

事実《じじつ》すぎてサラーッと目《め》をそらすあたしに、王子《おうじ》は聞《き》こえよがしに大《おお》きなため息《いき》をつく。

「――幼《おさな》なじみとして俺《おれ》の教育《きょういく》が悪《わる》かった。今日《きょう》こそはその性根《しょうね》をたたきなおしてやるー！」

「ぎぇえええええーっ！　くるちぃぃぃぃー！」

ぬおおおっ、本気《ほんき》で怒《おこ》ってませんか？　メッチャ痛《いた》いんですけど!!

「――**夜《よる》を照《て》らす光《ひかり》のごとく、迷《まよ》える生徒《せいと》を導《みちび》きたい。おこまりですか？　迷《まよ》える子《こ》ひつじよ**」

その場《ば》の空気《くうき》を浄化《じょうか》するかのようなおっとりとした声《こえ》に、あたしたちはケンカをやめる。

そこにいたのは、みどりがかった髪《かみ》の美少年《びしょうねん》。

あたしと目《め》があうと、ニッコリと優雅《ゆうが》に微笑《ほほえ》みかけてくれた。

はううっ、神々《こうごう》しいっ！

なんかこの人《ひと》、神父《しんぷ》さんみたい！

「**西園寺《さいおんじ》生徒会長《せいとかいちょう》！**」

王子《おうじ》がはなった単語《たんご》にあたしは目《め》をみはり、目《め》の前《まえ》の人《ひと》をあおぎ見《み》た。

この人《ひと》が三《み》ツ星学園《ぼしがくえん》の生徒会長《せいとかいちょう》サマ!?

トウマ先輩《せんぱい》とは正反対《せいはんたい》の、人徳《じんとく》がありそうな、カリスマオーラが全身《ぜんしん》からにおいたつ。

「僭越《せんえつ》ながら、もしもあなたが望《のぞ》むなら。私《わたし》がその悩《なや》みをおうかがいしましょう」

ブワっ。

このおかたはイエス様《さま》なの!?　頭《あたま》の後《うし》ろから後光《ごこう》がさして見《み》えてきました!

「生徒会長《せいとかいちょう》!　ありがとうございます。**お金《かね》を貸《か》してくださいぃぃぃぃぃ**」

「こんの、ドヘンタイ――――っ!」

とたんに、王子《おうじ》から特大《とくだい》の雷《かみなり》がおちて、あたしは身《み》をすくめる。

「なんで怒《おこ》るの!?　生徒会長様《せいとかいちょうさま》が助《たす》けてくださるって言《い》ってるのにっ!」

「だからって初対面《しょたいめん》の人間《にんげん》に金《かね》の無心《むしん》をするアホがどこにいるっ！」

「ごめんなさいいいいいっ」

クスクスと口元《くちもと》を指《ゆび》でかくしながら、西園寺会長《さいおんじかいちょう》は愉快《ゆかい》そうに笑《わら》いだす。

「ふふふ。おうわさどおり、大変面白《たいへんおもしろ》いお嬢《じょう》さんですね」

ウワサってどんなウワサなんですか!?

「改《あらた》めて、三《み》ツ星学園生徒会長《ぼしがくえんせいとかいちょう》・西園寺《さいおんじ》しのぶと申《もう》します。いごお見知《みし》りおきを」

「はっ、平民《へいみん》の白石《しらいし》ゆのです。はじめまして」

「私《わたし》も文化祭《ぶんかさい》に創刊《そうかん》された『パーティー』を大変楽《たいへんたの》しく拝読《はいどく》いたしました」

「読《よ》んでくださったんですか!?　光栄《こうえい》です！」

西園寺会長《さいおんじかいちょう》は「もちろん」と、おだやかな表情《ひょうじょう》でうなずく。

「生徒会《せいとかい》にも次《つぎ》が読《よ》みたいという声《こえ》がたくさん届《とど》きましたよ」

「本当《ほんとう》ですか!?」

自分《じぶん》たちが作《つく》った雑誌《ざっし》を、知《し》らない読者《どくしゃ》さんが読《よ》んでくれる。

そう思《おも》っただけで、勇気《ゆうき》がわいてくる。

「白石《しらいし》さんはすぐに正式《せいしき》な部活《ぶかつ》にし、２号目《ごうめ》を作《つく》りたいんですね」

「はいっ！　大変《たいへん》むずかしいってことはわかったんですが、どうしても作《つく》りたいんです」

「それには。たったひとつだけ解決《かいけつ》できるかも知《し》れない条件《じょうけん》があります」

「条件《じょうけん》？」

ヤバイ。この人《ひと》が本当《ほんとう》に神様《かみさま》に見《み》えてきた。

「それは新聞部《しんぶんぶ》と編集部《へんしゅうぶ》が対決《たいけつ》し、勝《か》つことだ」

だ、だれ!?

いきなり背後《はいご》から声《こえ》がして、あたしと王子《おうじ》はおどろいてうしろをむく。

あらわれた男《おとこ》の子《こ》は、メガネをかけて、髪《かみ》はキッチリとなでつけた七三分《しちさんわ》け。

『広辞苑《こうじえん》』というぶあつい辞書《じしょ》を小脇《こわき》にかかえた、神経質《しんけいしつ》そうな男子《だんし》のすがたが。

ソイツはふんぞりかえるように立《た》ち、メガネのフチをくいっと持《も》ちあげた。

「ああ、**灰塚《はいづか》くん**。いらしてたんですね」

「ボクは新聞部《しんぶんぶ》の生徒会担当《せいとかいたんとう》ですよ。どこへなりともお供《とも》します！」

灰塚《はいづか》と呼《よ》ばれた男子《だんし》は、会長《かいちょう》をみつめていたまなざしとは正反対《せいはんたい》の冷《さ》めた目《め》であたしを見《み》る。

「それに職員室《しょくいんしつ》で、**野蛮《やばん》な山猿《やまざる》**がさわいでいる——と聞《き》きましたので」

なぬっ!?　山猿《やまざる》って……あたしのことか!?

そこも追及《ついきゅう》したいところだけど、それより――。

「あの…条件《じょうけん》ってどういうことです――ってぎゃー！」

ブンっ。

いきなり新《しん》キャラの分厚《ぶあつ》い辞書《じしょ》が、あたしめがけてとんでくる。

しかも「ちっ、はずしたか」と舌打《したう》ちしてるしっ。

「ちょっと！　乙女《おとめ》にむかってあぶないじゃないですか！」

「ばかめ、このボクに二度《にど》も同《おな》じことを言《い》わせるな！

ずばり**へっぽこ編集部《へんしゅうぶ》**が、われらが**エリート新聞部《しんぶんぶ》**と対決《たいけつ》し勝《か》つこと、と言《い》ってるんだ！　一度《いちど》で理解《りかい》しろ！　無能《むのう》！」

ええええ!?

エリート新聞部《しんぶんぶ》と対決《たいけつ》？

しかも。さらっと、あたしたちのことを、へっぽこ編集部《へんしゅうぶ》っていわなかった!?

目《め》の前《まえ》の灰塚先輩《はいづかせんぱい》が新聞部《しんぶんぶ》ということは王子《おうじ》と同《おな》じ部活《ぶかつ》の人《ひと》ってことか！

王子《おうじ》は正式《せいしき》には新聞部《しんぶんぶ》の部員《ぶいん》。（しかも超《ちょう》やり手《て》！）

今《いま》までは幼《おさな》なじみのよしみで、うちの雑誌《ざっし》を助《すけ》っ人《と》で手伝《てつだ》ってくれてたんだ。

西園寺会長《さいおんじかいちょう》は、おだやかな声《こえ》でつづける。

「新聞部《しんぶんぶ》からおもしろい提案《ていあん》をいただいたんです」

生徒会長《せいとかいちょう》はおっとりとした声《こえ》でそう言《い》うと、あたしのほうへむき直《なお》る。

「編集部《へんしゅうぶ》と新聞部《しんぶんぶ》でそれぞれ雑誌《ざっし》と新聞《しんぶん》を刊行《かんこう》し、どちらがよりおもしろいかを競《きそ》うんです」

「ええ？　どんな方法《ほうほう》で勝負《しょうぶ》するんですか？」

三《み》ツ星学園《ぼしがくえん》の中等部《ちゅうとうぶ》は３００人以上《にんいじょう》いるんだもん！

「想像力《そうぞうりょく》のない愚《おろ》か者《もの》め。投票《とうひょう》で決《き》めるに決《き》まっているだろう」

灰塚先輩《はいづかせんぱい》が小《こ》ばかにしたように微笑《ほほえ》みながら、ふんぞりかえる。

「新聞部《しんぶんぶ》より支持《しじ》を獲得《かくとく》できれば……。生徒会《せいとかい》が責任《せきにん》を持《も》って、三《み》ツ星学園《ぼしがくえん》の正式《せいしき》な部活《ぶかつ》として即承認《そくしょうにん》してさしあげたいと思《おも》うのですが……」

そこまで言《い》うと、西園寺会長《さいおんじかいちょう》は雪村先生《ゆきむらせんせい》のほうをむく。

「雪村先生《ゆきむらせんせい》、いかがでしょうか？」

西園寺会長《さいおんじかいちょう》の言葉《ことば》に、雪村先生《ゆきむらせんせい》は仕方《しかた》ないわと言《い》うように、

「まぁ。会長《かいちょう》のしきりならば、私《わたし》たち教師《きょうし》は反対《はんたい》できないわ」

取《と》りつく島《しま》もなかったのに、あっさりオッケー!?

三ツ星学園《みつぼしがくえん》の生徒会長《せいとかいちょう》って、すごい力《ちから》を持《も》っているんだなぁ。

「これが春《はる》を待《ま》たずに部活《ぶかつ》にしてもらえる、ただ一度《いちど》のチャンスってわけですね」

あたしは自分《じぶん》に言《い》い聞《き》かせるように、そうつぶやく。

西園寺会長《さいおんじかいちょう》は、「本当《ほんとう》は、すぐに部《ぶ》にしてさしあげたいんですが……」と無念《むねん》そうに言《い》う。

いつでも生徒《せいと》たちの気持《きも》ちを考《かんが》えて……なんて優《やさ》しい人《ひと》なんだろう！

この学校《がっこう》にチリひとつないのは、きっとこのおかたのおかげなんだ！

「いきなり部活《ぶかつ》を新認定《しんにんてい》するには、それなりの大義名分《たいぎめいぶん》が必要《ひつよう》ですから」

「いいえ。チャンスを提案《ていあん》していただけて、本当《ほんとう》にありがとうございます」

でも相手《あいて》は学園《がくえん》で伝統《でんとう》と歴史《れきし》があって、しかも大人気《だいにんき》の新聞部《しんぶんぶ》。

そこに、うちら『パーティー』編集部《へんしゅうぶ》が勝《か》たなきゃいけないってことだよね……。

「——どうして、そんな都合《つごう》のいい提案《ていあん》をするんですか？」

「黒崎《くろさき》。貴様《きさま》は新聞部《しんぶんぶ》だろう？　なぜ山猿《やまざる》の味方《みかた》をする？」

灰塚先輩《はいづかせんぱい》の言葉《ことば》に、王子《おうじ》は答《こた》えない。

灰塚先輩《はいづかせんぱい》は「はーっ。わからないか」とわざとらしくため息《いき》をつくと、腰《こし》に両手《りょうて》をあてる。

「愚民《ぐみん》どもに説明《せつめい》しよう。この勝負《しょうぶ》は、新聞部《しんぶんぶ》にもメリットがあると考《かんが》えたからだ」

メリット？　価値《かち》や利点《りてん》があるってこと？

「あの。メリットってどういう意味《いみ》でしょうか？」

「エリート新聞部様《しんぶんぶさま》がボランティアで、弱小編集部《じゃくしょうへんしゅうぶ》の相手《あいて》をしてやるはずがないだろう？」

くぉら！　今度《こんど》は弱小《じゃくしょう》っていったな！

「貴様《きさま》らが勝負《しょうぶ》に負《ま》けたら、白石以外《しらいしいがい》の**赤松円馬《あかまつえんま》**、**銀野《ぎんの》しおり**を新聞部《しんぶんぶ》にもらい受《う》ける」

ぬあんですと!?

「なるほど。そういうことか」

王子《おうじ》がすべてに納得《なっとく》したように、つぶやく。

「えええ？　ぜんぜん意味《いみ》わかんないんですけど」

「新聞部《しんぶんぶ》さんは、雑誌《ざっし》『パーティー』を読《よ》んで、赤松円馬《あかまつえんま》くんと銀野《ぎんの》しおりさんの能力《のうりょく》を非常《ひじょう》に高《たか》く評価《ひょうか》したそうで、部員《ぶいん》にむかえ入《い》れたいそうです」

西園寺会長《さいおんじかいちょう》の言葉《ことば》に、灰塚先輩《はいづかせんぱい》はふんぞりかえる。

ん？　ちょっと……ひっかかるんですが。

「あ……あの、あたしはどうなるんですか？」

「貴様《きさま》だけは絶対《ぜったい》にいらない。むしろ学園《がくえん》の公害《こうがい》！　白石《しらいし》は二度《にど》と雑誌《ざっし》など作《つく》るな！」

グサっ。

「ひ、ひどい！」

「三《み》ツ星学園《ぼしがくえん》の伝統《でんとう》ある新聞部《しんぶんぶ》は、選《えら》ばれし者《もの》しか入部《にゅうぶ》できない、超《ちょう》エリート集団《しゅうだん》。貴様《きさま》のような、バカが入《はい》れる部活《ぶかつ》ではなーいっ！」

ひえーっ。自由《じゆう》に入部《にゅうぶ》できない……ってことは、やっぱり王子《おうじ》ってスゴイんだ！

「しかし、だ。神《かみ》である新聞部《しんぶんぶ》の部長《ぶちょう》から、赤松《あかまつ》と銀野《ぎんの》を入部《にゅうぶ》させよとのご神託《しんたく》がくだされた」

「え、あなたが部長《ぶちょう》さんなのかと思《おも》ってました！」

こんなにミラクルエラそうな態度《たいど》なんだもん。みんなそう思《おも》うよ！

意外《いがい》なことに、あたしの言葉《ことば》を聞《き》いた灰塚先輩《はいづかせんぱい》は、

「ばばばばば、バカなことをいうな。このボクが新聞部《しんぶんぶ》の部長《ぶちょう》、すなわち、この学園《がくえん》の神《かみ》ポジションに見《み》えるだと？　そ、そんな嬉《うれ》しい……じゃなかった、おそれ多《おお》い！」

真《ま》っ赤《か》になってしどろもどろな口調《くちょう》になった灰塚先輩《はいづかせんぱい》は、メガネをなんども上下《じょうげ》させる。

「それにしても、さっきから、初対面《しょたいめん》の乙女《おとめ》に対《たい》してひどすぎませんか？」

「ひどすぎるわけないだろう！　ここで会《あ》ったが百年目《ひゃくねんめ》。ボクは貴様《きさま》に慰謝料《いしゃりょう》を請求《せいきゅう》する！」

ペラリと、またもや目《め》の前《まえ》に紙《かみ》がひらめく。（うう、今朝《けさ》のデジャヴ！）

「慰謝料《いしゃりょう》って！　変《へん》ないいがかりをつけないでくださいよっ！」

「いいがかりだと？　ふざけるな！　これを見《み》ろっ！」

灰塚先輩《はいづかせんぱい》が制服《せいふく》のそでをめくると、赤《あか》い発疹《ほっしん》がポツポツとできている。

「文字《もじ》と言葉《ことば》を敬愛《けいあい》するボクは、誤植《ごしょく》を見《み》るとジンマシンがでるんだ！」

うっそーっ、そんな病気《びょうき》があるの!?

「あんなに豪快《ごうかい》にミスしまくった雑誌《ざっし》を作《つく》りやがって！　貴様《きさま》は学園《がくえん》のテロリストだ！」

「テロリストって……そこまでいわなくても」

別《べつ》に学園《がくえん》を破壊《はかい》しようだなんて、1ミクロンも思《おも》ってませんから！

「うるさい。とにかく責任《せきにん》とってもらおうか！」

ぎえええっ！　イキナリそんなこといわれてもどうしようーっ。

あたしだって、先輩《せんぱい》と話《はな》してると、ジンマシンがでそうなんですけど！

「まぁまぁ。灰塚《はいづか》くん。その話《はなし》はあとでゆっくり……ね？」

生徒会長《せいとかいちょう》！　あとでゆっくり、そんな話《はなし》をしたくありません！（涙《なみだ》）

「……真相《しんそう》はそんなところです。さて、『パーティー』編集長《へんしゅうちょう》？　どうされますか？」

どうするって……。

新聞部《しんぶんぶ》は学校《がっこう》以外《いがい》にも幅広《はばひろ》い読者《どくしゃ》を持《も》つ、三《み》ツ星学園《ぼしがくえん》の名物部《めいぶつぶ》。

そこと戦《たたか》って勝《か》てって意味《いみ》だよね？

しかも負《ま》けたらしおりちゃんやエンマを取《と》られちゃうわけだし。

そんなキケンな橋《はし》をわたっていいの？

ただ熱《ねつ》のあるうちに次《つぎ》の号《ごう》をださなければ…新《あたら》しい『パーティー』は忘《わす》れさられちゃう。

きっと、楽《たの》しく作《つく》るだけなら、それでもいいのかも知《し》れない。

でもあたしが作《つく》りたいのは、ただの雑誌《ざっし》じゃない。

天国《てんごく》のパパや、宝井編集長《たからいへんしゅうちょう》が命《いのち》がけで作《つく》っていた、伝説《でんせつ》の大人気雑誌《だいにんきざっし》『パーティー』だ。

何百万人《なんびゃくまんにん》の読者《どくしゃ》さんたちがドキドキワクワクするような、そんな雑誌《ざっし》を作《つく》りたい。

大《おお》きな夢《ゆめ》をかなえた人《ひと》たちの本《ほん》を、ワクワクしながらたくさん読《よ》んで、思《おも》ったことがあった。

『夢《ゆめ》』や『目標《もくひょう》』を決《き》めたら、人《ひと》は走《はし》ることをやめちゃいけない。

『夢《ゆめ》』をかなえるにはね、止《と》まっているのが、うしろに下《さ》がることより悪《わる》いんだって。

だってそれは『動《うご》いてない』から。

失敗《しっぱい》したり挫折《ざせつ》をして、うしろに下《さ》がることはいいんだって。

それは『動《うご》いている』から。

止《と》まっちゃうと、夢《ゆめ》がさびついて、気《き》がついたときには動《うご》かなくなっちゃう。

逆《ぎゃく》に失敗《しっぱい》するとおちこむけど、その失敗《しっぱい》が、のちに大《おお》きなバネになることもある。

苦《にが》い経験《けいけん》で手《て》に入《い》れたバネで、想像《そうぞう》よりも遠《とお》くにとんだ人《ひと》たちの話《はなし》をたくさん読《よ》んだ。

だから脳内《のうない》で「いけ！」「ムリ」とせめぎあう。

自分《じぶん》だけのことならば、迷《まよ》わず前《まえ》にでるけれど。

今回《こんかい》は、しおりちゃんやエンマが一番《いちばん》……。

「西園寺会長《さいおんじかいちょう》。灰塚先輩《はいづかせんぱい》。ありがたいおはなしですが……」

「——ときに雑誌《ざっし》の名前《なまえ》は、あの有名《ゆうめい》な『パーティー』から取《と》ったものなんですか？」

西園寺会長《さいおんじかいちょう》の言葉《ことば》に、あたしはビックリして顔《かお》をあげた。

あたしの反応《はんのう》を見《み》て、西園寺会長《さいおんじかいちょう》は「やっぱり」と満足気《まんぞくげ》にうなずいた。

「なつかしいです。私《わたし》も『パーティー』の愛読者《あいどくしゃ》だったので。急《きゅう》になくなってざんねんでした」

「西園寺会長《さいおんじかいちょう》も、本物《ほんもの》の『パーティー』を読《よ》んでたんですか？」

「ええ。少《すこ》し大人向《おとなむ》けでしたが、私《わたし》には年《とし》の離《はな》れた兄《あに》がおりますので。あれは、本当《ほんとう》に面白《おもしろ》い雑《ざっ》誌《し》でしたね」

「そうなんですか！　あたし、急《きゅう》に終《お》わってしまったのが本当《ほんとう》にさびしくて。だから『パーティー』を復活《ふっかつ》させるって、誓《ちか》ったんです」

西園寺会長《さいおんじかいちょう》は「なるほど。すばらしい！」と大《おお》きくうなずく。

「私個人《わたしこじん》としては、早《はや》く次号《じごう》が読《よ》みたくてしかたないんですけどね」

文化祭《ぶんかさい》にむけて作《つく》った雑誌《ざっし》を読《よ》んでくれた西園寺会長《さいおんじかいちょう》にそういわれ、勇気《ゆうき》がわいてくる。

本当《ほんとう》は、勝負《しょうぶ》したい。

みんなに聞《き》いてみなきゃと思《おも》ったやさき、灰塚先輩《はいづかせんぱい》が言葉《ことば》を発《はっ》した。

「なるほど。と言《い》うことは、やはり雑誌《ざっし》の名前《なまえ》はしょせんお飾《かざ》りか」

「――お飾《かざ》りってどういう意味《いみ》ですか？」

怒《いか》りでわななき、思《おも》わず声《こえ》が低《ひく》くなる。

「身《み》の丈《たけ》より大《おお》きくみせるために、人気雑誌《にんきざっし》の名前《なまえ》を使《つか》っただけだろう？　バレバレだ」

「――お飾《かざ》りで名前《なまえ》をもらったわけじゃありません。本気《ほんき》です！」

「悩《なや》むのは負《ま》けると思《おも》う気持《きも》ちがあるからだ。それならば、『パーティー』なんて大《だい》それた名前《なまえ》の雑誌《ざっし》を作《つく》るな」

いきなり冷《ひ》や水《みず》を浴《あ》びせられたような気《き》がして、あたしは身《み》をかたくする。

「灰塚《はいづか》くん。年下《としした》の女《おんな》の子《こ》に言葉《ことば》がすぎますよ」

とがめるような顔《かお》で、西園寺会長《さいおんじかいちょう》が灰塚先輩《はいづかせんぱい》をたしなめる。

「銀野《ぎんの》も赤松《あかまつ》も、われら新聞部《しんぶんぶ》がわざわざスカウトするほどの人物《じんぶつ》だ。だが貴様《きさま》だけが、やつらの実力《じつりょく》を信《しん》じられないのだろう」

「ちがいますっ！　しおりちゃんもエンマも、うちにはもったいないくらい最高《さいこう》のメンバーです。トウマ先輩《せんぱい》のマンガだって本当《ほんとう》に面白《おもしろ》いんです！」

「いや。貴様《きさま》は仲間《なかま》も雑誌《ざっし》も信《しん》じてないんだ。認《みと》めろ」

冷《つめ》たくいいはなつ灰塚先輩《はいづかせんぱい》に、西園寺会長《さいおんじかいちょう》は眉根《まゆね》をよせる。

ちがう。それだけは絶対《ぜったい》にちがう。

ぐっと拳《こぶし》を作《つく》り、あたしは唇《くちびる》をかみしめた。

「ま、事実《じじつ》なんだから賢明《けんめい》な判断《はんだん》だがな。はーはっはっは」

「！」

くやしさが身体《からだ》の中《なか》をかけめぐり、目《め》がちかちかする。

怒《いか》りの感情《かんじょう》で動《うご》いちゃダメだ。でも灰塚先輩《はいづかせんぱい》の言葉《ことば》を認《みと》めたとは思《おも》われたくない。

「僭越《せんえつ》ながら、私《わたし》からも。今回《こんかい》、新聞部《しんぶんぶ》からこの相談《そうだん》を受《う》けたときは悩《なや》みました。でも、もしあなたが本気《ほんき》なのでしたら。私《わたし》は新《あたら》しい『パーティー』の力《ちから》を信《しん》じてみたい」

西園寺会長《さいおんじかいちょう》の真心《まごころ》のこもった言葉《ことば》に、あたしの口《くち》から言葉《ことば》がとびだした。

「――**わかりました。この勝負《しょうぶ》、やらせてください**」

「ばかっ。まんまと灰塚先輩《はいづかせんぱい》の挑発《ちょうはつ》に乗《の》ってるんじゃない！」

王子《おうじ》が語気《ごき》を強《つよ》めて、あたしを制止《せいし》する。

「あたしひとりじゃダメだけど、『パーティー』には最高《さいこう》の仲間《なかま》がいることを、灰塚先輩《はいづかせんぱい》や西園寺会長《さいおんじかいちょう》に証明《しょうめい》してみせます」

あたしの言葉《ことば》に、西園寺会長《さいおんじかいちょう》が「すばらしい」と拍手《はくしゅ》し、灰塚《はいづか》先輩《せんぱい》は「ばかめ」と鼻《はな》で笑《わら》う。

「では対決《たいけつ》は3週間後《しゅうかんご》」

「わかりました」

それから……と西園寺会長《さいおんじかいちょう》がことばをつづける。

「のちほど『パーティー』の皆《みな》さんには部室《ぶしつ》をご用意《ようい》いたします」

「部室《ぶしつ》!?」

「ええ。新聞部《しんぶんぶ》から部室《ぶしつ》の一部《いちぶ》をゆずって頂《いただ》きましたので」

「新聞部《しんぶんぶ》が!?　なんで!?」

「作業《さぎょう》するには部室《ぶしつ》があったほうがいいだろう」と灰塚先輩《はいづかせんぱい》は腕《うで》ぐみをする。

「かの有名《ゆうめい》な戦国武将《せんごくぶしょう》・上杉謙信《うえすぎけんしん》は、ライバルの武田信玄《たけだしんげん》に塩《しお》を送《おく》ったそうだ」

あ。『敵《てき》に塩《しお》を送《おく》る』ってことわざの由来《ゆらい》だよね？

まえに歴史《れきし》オタクの王子《おうじ》からきいたことがある！

戦国時代《せんごくじだい》、武田信玄《たけだしんげん》が塩不足《しおぶそく》で大《だい》ピンチだったときに、ライバルの上杉謙信《うえすぎけんしん》が、まさかの『塩《しお》』を送《おく》って敵《てき》を助《たす》けたっていうエピソードがあるんだって。

「へっぽこ編集部《へんしゅうぶ》は敵《てき》であっても同《おな》じ文字《もじ》を愛《あい》する者同士《ものどうし》だからな」

はうっ、灰塚先輩《はいづかせんぱい》が優《やさ》しい！

さっきまで悪意《あくい》のかたまりだと思《おも》ってたけど、本当《ほんとう》に言葉《ことば》が好《す》きな人《ひと》なんだな。

そしたら、新聞部《しんぶんぶ》とだって、いつか分《わ》かり合《あ》えるかも!?

「灰塚先輩《はいづかせんぱい》、ありがとうございます。ありがたくお借《か》りします」

「ただし！　３週間《しゅうかん》だけの仮住《かりず》まいだ。あまり荷物《にもつ》は持《も》ちこむなよ。はーっはっは」

きーっ。前言撤回《ぜんげんてっかい》！

この勝負《しょうぶ》、絶対《ぜったい》に負《ま》けられないっ！

3 うめられない、実力《じつりょく》の差《さ》

「――というわけで、新聞部《しんぶんぶ》とサクッと勝負《しょうぶ》することになりました！」

放課後《ほうかご》。

うちの部員《ぶいん》である、占《うらな》いと呪《のろ》いが得意《とくい》な銀野《ぎんの》しおりちゃんと、学園一《がくえんいち》の不良《ふりょう》と恐《おそ》れられる情報《じょうほう》通《つう》の赤松円馬《あかまつえんま》、無理《むり》やり連《つ》れてきた王子《おうじ》をカフェテラスの一角《いっかく》に集《あつ》める。

そして、さっきの話《はなし》を報告《ほうこく》すると――。

ズウウウウン。

全員《ぜんいん》の顔《かお》がどんより曇《くも》りだす。

「いちごパンツ……なんつームボウな」

「ゆのさん。だまされましたね……」

「な、なに？　なぜこんな反応《はんのう》なの!?」

チーン。ポクポク……ってお通夜《つや》かい!?　と思《おも》わずつっこみたくなるような、重《おも》い空気《くうき》。

そんな空気《くうき》を破《やぶ》るかのように、おだやかな声《こえ》がこちらにむかってくる。

「あ。皆《みな》さん、ここにいらしたんですね。これから部室《ぶしつ》へご案内《あんない》しますよ」

「ふんっ、1分《ぷん》で支度《したく》しないと置《お》いてくぞ」

目《め》の前《まえ》に立《た》っているのは、西園寺生徒会長《さいおんじせいとかいちょう》に灰塚先輩《はいづかせんぱい》。

部室《ぶしつ》！　夢《ゆめ》にまでみたあたしたちのお城《しろ》！

そうだ。勝負《しょうぶ》だって悪《わる》いことばかりじゃない。

部室《ぶしつ》ゲット！　いままでより、一歩《いっぽ》だけ前進《ぜんしん》したよ！

「よろしくお願《ねが》いしますっ！　すぐ支度《したく》します」

部室《ぶしつ》ってどんなところかなぁ。楽《たの》しみ！

西園寺会長《さいおんじかいちょう》に導《みちび》かれ、あたしの後《うし》ろに『パーティー』編集《へんしゅう》部《ぶ》のしおりちゃんとエンマ。

そしてサイゴは、無理《むり》やり連《つ》れてきた王子《おうじ》。

「編集部《へんしゅうぶ》の部室《ぶしつ》ができたんだってぇ？　僕《ぼく》にも見《み》せてーっ☆」

野次馬根性丸《やじうまこんじょうまる》だしの、アイドルでマンガ家《か》のトウマ先輩《せんぱい》が合流《ごうりゅう》する。（ぎゃー、目立《めだ》つよ！）

校舎《こうしゃ》をぬけて、校庭《こうてい》の先《さき》を歩《ある》くと、そこには小《ちい》さいけど立派《りっぱ》な建物《たてもの》が見《み》えてきた。

「すごい！　ここが部室《ぶしつ》!?」

扉《とびら》を開《あ》けると、カラフルなイスがセンス良《よ》くならび、オシャレな打《う》ち合《あ》わせスペースが広《ひろ》がっていた。

うわっ。大《おお》きな観葉植物《かんようしょくぶつ》が、いっぱいかざってある。

奥《おく》には各自《かくじ》のデスクが置《お》かれ、数人《すうにん》の部員《ぶいん》が仕事《しごと》をしている。

入口《いりぐち》の近《ちか》くには、無料《むりょう》で飲《の》めるコーヒーメーカーなんかもあるよ!?

なにこれ、別世界《べっせかい》みたい！

「しおりちゃん！　バランスボールがある！　おもしろ――」

ゴチン！

「ぎゃー！　あぶない！」

またもや辞典《じてん》が頭上《ずじょう》から降《ふ》ってきたんですけどっ！（今度《こんど》は『ことわざ辞典《じてん》』だよ！）

「バカめ。なにを思《おも》いちがえてる。ここは新聞部《しんぶんぶ》の部室《ぶしつ》だ」

え――っ。

灰塚先輩《はいづかせんぱい》の声《こえ》に、ガックリとうなだれる。

「新《あたら》しい企画《きかく》を生《う》みだすためのスペースだ。お茶《ちゃ》を飲《の》んだり、このバランスボールでストレッチしたりしながら、斬新《ざんしん》なアイディアを生《う》みだすのだ」

へええーっ。すごい！

「これだけ広《ひろ》いってことは、メンバーもたくさんいるってことですね」

「**10人《にん》**」

「え？」

「うちの部《ぶ》は内部《ないぶ》からの推薦《すいせん》で選《えら》ばれしエリート10名《めい》しか入《はい》れない部活《ぶかつ》なのだ」

ええええええっ!?　こんなに広《ひろ》いのに？

あ。あっちでインタビューしてる人《ひと》、**紫村《しむら》カレンさん**だ！

そっか。紫村《しむら》さんも新聞部《しんぶんぶ》の部員《ぶいん》なんだよね。

紫村《しむら》さんは、モテのすべてを結集《けっしゅう》したような女《おんな》の子《こ》で、王子《おうじ》に片思《かたおも》い中《ちゅう》みたい。

テキパキと流《なが》れるように働《はたら》くすがたに、思《おも》わずみとれちゃうよ！

「銀野《ぎんの》と赤松《あかまつ》加入《かにゅう》のために、２人《ふたり》メンバーをぬけてもらったからな。現在《げんざい》は８名《めい》だが。３週間後《しゅうかんご》には補充《ほじゅう》されるわけだから問題《もんだい》ない」

その言葉《ことば》に、エンマとしおりちゃんが灰塚先輩《はいづかせんぱい》をにらみつける。

灰塚先輩《はいづかせんぱい》の言葉《ことば》に、あたしは身体《からだ》がカッと熱《あつ》くなる。

しおりちゃんもエンマも絶対《ぜったい》にわたさないんだから！

「銀野《ぎんの》と赤松《あかまつ》はもう部員《ぶいん》みたいなものだからな。備品《びひん》も部室《ぶしつ》も好《す》きに使《つか》ってくれ」

そして——と灰塚先輩《はいづかせんぱい》はあたしにむき直《なお》る。

「白石《しらいし》。貴様《きさま》にはこれをやる」

灰塚先輩《はいづかせんぱい》からさしだされた紙《かみ》は、請求書《せいきゅうしょ》かと思《おも》いきや、前回《ぜんかい》の『パーティー』の創刊号《そうかんごう》だった。

文字《もじ》のあやまりや言《い》い回《まわ》しのまちがいが、赤《あか》ペンでびっしりチェックされてる！

「……どうやったら、こんなふうに誤植《ごしょく》に気《き》づけるようになるのでしょうか」

「赤字《あかじ》は書《か》きミスだけじゃない。よく見《み》ろ！」

灰塚先輩《はいづかせんぱい》に言《い》われたとおり、確認《かくにん》してみると……。

まちがっていない記事《きじ》の見《み》だしにも、なぜか赤《あか》で大《おお》きく×《ペケ》マークが！

「なんで!?　ここはあってるじゃないですかっ！」

「ばかめ！　センスのないタイトルを見《み》ろ！　頭《あたま》を使《つか》え、もっとピッタリな言葉《ことば》がある」

赤字《あかじ》をよく見《み》ると、×《ペケ》マークから線《せん》がひかれ、別《べつ》のタイトル案《あん》が書《か》かれていた。

うーんと、なになに……。

【パーティー】文化祭特集《ぶんかさいとくしゅう》→【修正案《しゅうせいあん》】完全《かんぜん》クリア！ 文化祭《ぶんかさい》の歩《ある》きかた
【パーティー】心霊《しんれい》スポット→【修正案《しゅうせいあん》】絶対《ぜったい》こわい!? 近所《きんじょ》の新《しん》☆霊《れい》スポット！
【パーティー】学園《がくえん》のウワサ→【修正案《しゅうせいあん》】だれかに言《い》いたくなる 学園《がくえん》トップシークレット！

「うわっ。たしかに同《おな》じ内容《ないよう》なのに灰塚先輩《はいづかせんぱい》がだしてきた見《み》だしのほうがおもしろそう！」
「これが見だしの力《ちから》。さらには、貴様《きさま》ら編集部《へんしゅうぶ》とわれら新聞部《しんぶんぶ》のうめることのできない実力《じつりょく》の差《さ》だ。思《おも》い知《し》れ」

これだけ丁寧《ていねい》に校正《こうせい》ができるだけでなく、文章《ぶんしょう》のチェックまで！

灰塚先輩《はいづかせんぱい》って本当《ほんとう》にすごい！

日本語《にほんご》の魔術師《まじゅつし》だよ！

うちの雑誌《ざっし》はとにかく期日《きじつ》までに作《つく》りあげることが、最終目標《さいしゅうもくひょう》になっちゃっていたのは事実《じじつ》。

作《つく》るのに手一杯《ていっぱい》で、細《こま》かいケアができてなかったもんな。

こんな人《ひと》に見《み》てもらえたら、もっとすごい雑誌《ざっし》が作《つく》れるのに！

師匠《ししょう》と呼《よ》びたいくらいの人《ひと》だけど、敵《てき》なうえに、あたしのこと大嫌《だいきら》いなんだもん。

そう簡単《かんたん》にご指導《しどう》は願《ねが》えない……現実《げんじつ》はやっぱりキビシイ。

「実力《じつりょく》の差《さ》を感《かん》じて後悔《こうかい》するがいい！　はーっはっはっは」

灰塚先輩《はいづかせんぱい》の高笑《たかわら》いを聞《き》きながら、あたしたちは生徒会長《せいとかいちょう》に連《つ》れられ、新聞部《しんぶんぶ》をあとにするのだった。

4 『パーティー』編集部《へんしゅうぶ》、解散《かいさん》!?

生徒会長《せいとかいちょう》が言《い》ったとおり、部室《ぶしつ》から徒歩《とほ》三十歩《ぽ》。

隣接《りんせつ》した小《ちい》さなプレハブで、物置《ものおき》って感《かん》じなんだけど。

「ここですか……」

「ええ。では入《はい》りましょうか」

顔《かお》がひきつるあたしにおかまいなく、西園寺会長《さいおんじかいちょう》が扉《とびら》をあける。

ギイイっ。モアっ。

扉《とびら》をあけるとホコリがぶわっと舞《ま》い上《あ》がり、思《おも》わずせきこむ。

「――げほっ、げほっ」

「か、会長《かいちょう》。これって手《て》ちがいとかじゃないんですか？」

「ちがってなどいませんよ。見《み》た目《め》はかなり汚《きたな》いですが、新聞部《しんぶんぶ》さんから自由《じゆう》に使《つか》ってくださいと言《い》われてます。では雑誌《ざっし》を楽《たの》しみにしていますね」

笑顔《えがお》でそういうと、会長《かいちょう》は部室《ぶしつ》をあとにした。

会長《かいちょう》の背中《せなか》を見送《みおく》りながら、ボーゼンと取《と》りのこされるあたしたち。

「なにが部室《ぶしつ》だ。新聞部《しんぶんぶ》所有《しょゆう》のいわくつき物置《ものおき》だろうが」

エンマさん、いわくつきってどーゆーことですかっ!?

ぐるりとみまわすと、部屋《へや》って言《い》うより物置《ものおき》。

しかも暖房《だんぼう》がないせいで、めちゃくちゃ寒《さむ》いんですけど！

「ぎゃーっ！　くもの巣《す》！　それにチラッと黒《くろ》い影《かげ》がっ！」

ままま、まさか人類《じんるい》の最大《さいだい》の敵《てき》・ゴ●●リ!?……女《おんな》の子《こ》だし、しおりちゃんは大丈夫《だいじょうぶ》!?

ずっとだまっていたしおりちゃんに目線《めせん》を移《うつ》すと……。

しおりちゃんは天井《てんじょう》にむかって、ボソボソ話《はな》してるじゃないですかっ。（怖《こわ》い！）

「ゆのさん。**こちらにお住《す》まいの皆《みな》さん**にごあいさつしてました」

「お住《す》まいの皆《みな》さん!?」

ひいいいいぃ。今度《こんど》は『ユ』がつくアレですか!?　しかもいっぱいいるの!?

「部長《ぶちょう》としてごあいさつします？　私《わたし》たちなら大歓迎《だいかんげい》してくださるそうですよ」

上機嫌《じょうきげん》で歌《うた》うように語《かた》るしおりちゃんを見《み》て、あたしは全力《ぜんりょく》で首《くび》を横《よこ》にふる。

「しませんっ。あいさつしません！」

「――**祟《たた》られるかも**」

「ふつつか者《もの》ですが、仲良《なかよ》くしてください。よろしくお願《ねが》いしますううう！」

ヒュッ。

い、今《いま》、なまあたたかい風《かぜ》がふかなかった？（涙《なみだ》）

「あほらし。……ただでさえヤベーのに、こんな環境《かんきょう》で、新聞部《しんぶんぶ》に勝《か》てるわけねーだろ」

「でももっ、全員《ぜんいん》が力《ちから》を合《あ》わせれば絶対《ぜったい》に大丈夫《だいじょうぶ》……たぶん」

大《おお》きさだけは自慢《じまん》のあたしの声《こえ》も、どんどん小《ちい》さくなっちゃう。

いつの間《ま》にか編集会議《へんしゅうかいぎ》に便乗《びんじょう》して参加《さんか》していたトウマ先輩《せんぱい》が陽気《ようき》な声《こえ》で手《て》をあげる。

「はいはーい☆」

「はい、先輩《せんぱい》！」

さすが、トウマ先輩《せんぱい》！

持《も》ち前《まえ》のキラキラオーラと強気発言《つよきはつげん》で、イヤーな空気《くうき》をバーンと変《か》えてください！

「えーっとぉ。ひっじょーに残念《ざんねん》なお知《し》らせなんだけどぉ、次号《じごう》は僕《ぼく》、おやすみしまーす☆」

シーン。

「新聞部《しんぶんぶ》の紫村《しむら》さんから、新聞連載《しんぶんれんさい》を是非《ぜひ》に！　って依頼《いらい》されて。ま、僕《ぼく》の才能《さいのう》からすると仕方《しかた》ないんだけどね。世界中《せかいじゅう》の人《ひと》から求《もと》められてしまう、自分《じぶん》の魅力《みりょく》が怖《こわ》いっ」

ガシッと自分《じぶん》の身体《からだ》を強《つよ》く抱《だ》きしめ、ポーズを取《と》るトウマ先輩《せんぱい》。

「………」

チッチッチ、ピーン。

事態《じたい》の緊急性《きんきゅうせい》を理解《りかい》したあたしたちはいっせいに悲鳴《ひめい》をあげ、トウマ先輩《せんぱい》につめよる。

「ひいいい、センパイ、それだけはご勘弁《かんべん》をおおおお！」

「断《ことわ》れ！　いますぐ断《ことわ》れえええ！」

「トウマ先輩《せんぱい》、これがあなたの呪《のろ》い人形《にんぎょう》です。生《い》きて帰《かえ》しませんよおおおっ」

血走《ちばし》った目《め》で迫《せま》られるほど、トウマ先輩《せんぱい》は「あーん、人気者《にんきもの》ってツ・ラ・イ☆」とご満悦《まんえつ》だから、始末《しまつ》に負《お》えない！

「前《まえ》につづきをお願《ねが》いしたら、やる気満々《きまんまん》だったじゃないですか！」

トウマ先輩《せんぱい》は学園《がくえん》でのアイドル活動《かつどう》にいそがしいからさ。

前々《まえまえ》から先輩《せんぱい》と2号《ごう》の原稿《げんこう》については話《はな》し合《あ》っていて、次《つぎ》の内容《ないよう》も相談《そうだん》していたの。

2号目《ごうめ》ではキスシーンなんかも入《はい》る予定《よてい》で、めちゃくちゃ話題《わだい》になりそうだったんだよ！

それもあって、今回《こんかい》の勝負《しょうぶ》を受《う》けたのに……。ひどい！

アナタはどれだけ、人《ひと》を信《しん》じるあたしのピュアハートを踏《ふ》みにじれば気《き》がすむんですかー！

「トウマ先輩《せんぱい》、今回《こんかい》の新聞部《しんぶんぶ》との対決《たいけつ》で負《ま》けたら『パーティー』がなくなっちゃうんです！　なんとか今回《こんかい》だけ描《か》いてもらえませんか」

ガックリと膝《ひざ》をつき、涙目《なみだめ》で懇願《こんがん》するあたしの肩《かた》を、トウマ先輩《せんぱい》が優《やさ》しくたたく。

「――そっかぁ。わかった。今回《こんかい》は『パーティー』を優先《ゆうせん》する」

「ほ、本当《ほんとう》ですか？」

ガバッと顔《かお》を上《あ》げてトウマ先輩《せんぱい》を見《み》ると――。

バチーン☆　とウィンクしたあと、ペコちゃんみたいにペロッと舌《した》を出《だ》してるしっ!?

「なーんていうわけないじゃんっ。こりないおばかさん☆　僕《ぼく》は女《おんな》の子《こ》のたのみは断《ことわ》らない主義《しゅぎ》なんだもん」

立《た》ちくらみ？　めまいがしてきた……。

あたしが最初《さいしょ》に原稿《げんこう》をお願《ねが》いしたときもそうでした！

この主義《しゅぎ》のおかげで、ホイホーイと、受《う》けてくれたんだった。（そのあとが地獄《じごく》でしたが……）

「それならうちにも描《か》いてください！　**あたしだって立派《りっぱ》な乙女《おとめ》です！**」

バーンと左手《ひだりて》で自分《じぶん》の胸《むね》をたたき、力強《ちからづよ》く宣言《せんげん》すると、みんながいっせいに目《め》を伏《ふ》せる。

「な、なに!?　そのあからさまに感《かん》じの悪《わる》い反応《はんのう》！」

「いちごパンツ……心《こころ》はオレら男《おとこ》と、ほとんどかわらねーよな」

反論《はんろん》しようとすると、あたしのかわりにしおりちゃんが声《こえ》をとがらせる。

「ゆのさんは女性《じょせい》ですよ！　たましいはマッチョな格闘家《かくとうか》と同《おな》じですが、立派《りっぱ》な女《おんな》の子《こ》です」

しおりちゃんっ。ありがとうー！　だけど、それってエンマと同《おな》じ意味《いみ》じゃない!?（涙《なみだ》）

「でも、男《おとこ》らしい女《おんな》が好《す》きだっていう変《か》わった奴《やつ》もいるから。な、黒崎《くろさき》」

「だ・か・ら！　そこで俺《おれ》にふるなっ！」

いきなり話《はなし》をふられ、真《ま》っ赤《か》になって怒《おこ》る王子《おうじ》。

「シャラ――――ップ！」

シーン。

トウマ先輩《せんぱい》の声《こえ》に、全員《ぜんいん》がケンカをやめて、いっせいに先輩《せんぱい》を見《み》つめる。

「僕《ぼく》はかわいい子《こ》が好《す》きなんじゃない。すべての小鳥《ことり》ちゃんが平等《びょうどう》に好《す》きなのさ!!」

ぎゃー! トウマ先輩《せんぱい》、ご自分《じぶん》ではカッコイイこと言《い》ったつもりかも知《し》れませんが、『来《く》るもの拒《こば》まず! 学園一《がくえんいち》の女好《おんなず》き』って宣言《せんげん》してるだけ! サイテーです!

それに——といって、トウマ先輩《せんぱい》はあたしにむき直《なお》る。

「ゆのちゃんは僕《ぼく》にとって、この世《よ》で唯一《ゆいいつ》小鳥《ことり》ちゃんじゃないの。ま、パートナーで下僕《げぼく》かな」

げ、下僕《げぼく》!!? あたし、悪魔《あくま》の手先《てさき》になったおぼえはない!

ぐぬぬ。でも担当《たんとう》として認《みと》めてもらってるってことなのか!?

百面相《ひゃくめんそう》をするあたしを面白《おもしろ》そうに見守《みまも》りながら、トウマ先輩《せんぱい》は優雅《ゆうが》に髪《かみ》をかきあげる。

「あと僕《ぼく》、女《おんな》の子《こ》の次《つぎ》に大好《だいす》きなものがあるんだ。参考《さんこう》までに、教《おし》えてあ・げ・る」

「それは新聞部《しんぶんぶ》にはあって、うちにはないものなんですか?」

「うん。いま、2つの部室《ぶしつ》を見《み》てはっきりわかった。ぶっちゃけ、それで決《き》めた」

ゴクリとつばを飲《の》み、あたしはトウマ先輩《せんぱい》の言葉《ことば》のつづきを待《ま》つ。

「僕《ぼく》が女《おんな》の子《こ》の次《つぎ》に好《す》きなもの。すなわちそれは——」

トウマ先輩《せんぱい》は、もったいぶるようにためてから、言葉《ことば》に合《あ》わせてあたしのおでこを指《ゆび》で4回《かい》つつく。

「け・ん・りょ・く」

け、権力《けんりょく》!?

「僕《ぼく》は強《つよ》い権力《けんりょく》も大好《だいす》きなのさっ！　見《み》たかいっ!?　オシャレ企業《きぎょう》を思《おも》わせるようなあの部室《ぶしつ》。それにくらべて、いまにもつぶれそうな、おんぼろ小屋《ごや》！　これが権力《けんりょく》の違《ちが》いだよ！」

ぎゃ――――っ。なんて核心《かくしん》をついた嫌《いや》なことに気《き》づくんでしょう、この人《ひと》！

「それにぃ。エリート新聞部《しんぶんぶ》で、マンガを描《か》けば、僕《ぼく》の名声《めいせい》はますますあがるでしょ！」

「でも、パートナーはあたしだけじゃないんですか？」

「おばかさん。君《きみ》は僕以外《ぼくいがい》に担当《たんとう》を持《も》ってもらっちゃ困《こま》るけど、僕《ぼく》はちがうよ」

ええ？　なにがちがうっていうの!?

「僕《ぼく》は才能《さいのう》あふれる天才《てんさい》だから♪　ああ神《かみ》さま。僕《ぼく》に才能《さいのう》と美貌《びぼう》を与《あた》えてくださって、ありがとう。ま、僕《ぼく》が神様《かみさま》でもそうするけどねっ☆」

パアアアーッと天《てん》にむけて両手《りょうて》を広《ひろ》げ、トウマ先輩《せんぱい》は完全《かんぜん》に自分《じぶん》の世界《せかい》に入《はい》ってる！

「こいつを真人間《まにんげん》にもどしてぇー！」

「うう。本当《ほんとう》に神様《かみさま》がいるなら、この場《ば》で正義《せいぎ》の雷《かみなり》を、トウマ先輩《せんぱい》におみまいしたい……」

「――正義《せいぎ》の雷《かみなり》ではありませんが、ゆのさんのたのみならば、黒魔術《くろまじゅつ》で祟《たた》りましょうか」

しおりちゃんは、辞書《じしょ》みたいに分厚《ぶあつ》い黒魔術《くろまじゅつ》の本《ほん》を手《て》にとり、『罰《ばつ》』と書《か》かれたページをあたしに見《み》せる。

「ダメ！　トウマ先輩《せんぱい》が黒焦《くろこ》げになったら、しおりちゃんが加害者《かがいしゃ》になるからダメ！」

「ほぅ。ゆのさんがそういうなら、まだやめときましょう——**いまは**」

ぞっ。

しおりちゃん、目《め》がマジだ！

そのとき。ずっと静観《せいかん》していた王子《おうじ》がすっと手《て》をあげ、おもむろに口《くち》を開《ひら》いた。

「——悪《わる》いけど、俺《おれ》も新聞部《しんぶんぶ》のメンバーだからここまでだ」

「な、なにいってるの？　負《ま》けたら『パーティー』編集部解散《へんしゅうぶかいさん》の危機《きき》なんだよ！」

それに王子《おうじ》が新聞部《しんぶんぶ》に行《い》ったら、『パーティー』は『パーティー』じゃなくなっちゃうよ！

「俺《おれ》は最初《さいしょ》から新聞部《しんぶんぶ》のメンバー。前回《ぜんかい》までは助《すけ》っ人《と》。何度《なんど》もいったよな？」

「そ、そんなぁ……」

何度《なんど》もいわれたけど、子《こ》どものころからいつも最後《さいご》は味方《みかた》になってくれていたから。

これからもずっとそうなんだって、あたし勝手《かって》に思《おも》ってた……。

どんより雲《ぐも》のように部屋《へや》を覆《おお》うイヤーな空気《くうき》を、トウマ先輩《せんぱい》が天然力《てんねんりょく》でかき消《け》す。

「あっはーん♪　今日《きょう》は新聞部《しんぶんぶ》が打《う》ち合《あ》わせって名目《めいもく》でおごってくれるんだってー。学園《がくえん》のカフェテラスを貸《か》しきってくれてえ、新聞部《しんぶんぶ》が集《あつ》めた小鳥《ことり》ちゃんたちと、ウフフアハハの大《だい》パーティーなのさっ。じゃ、新聞部《しんぶんぶ》の黒崎《くろさき》くん。大先生《だいせんせい》をさっそく案内《あんない》してくれたまえ」

王子《おうじ》は苦《くる》しそうに一瞬《いっしゅん》だけ顔《かお》をゆがめ、先輩《せんぱい》とともに部屋《へや》を出《で》ていこうとする。

「黒崎《くろさき》！　本気《ほんき》かよ」

「黒崎《くろさき》くん。行《い》かないでください」

「王子《おうじ》。もう一度《いちど》考《かんが》えなおして。いっしょに雑誌《ざっし》作《つく》ろうよ！」

エンマとしおりちゃん、そしてあたしの言葉《ことば》に、王子《おうじ》は眉《まゆ》をひそめ、目《め》を閉《と》じる。

「……すまない」

そういうと、王子《おうじ》はトウマ先輩《せんぱい》を連《つ》れ、くるりとあたしたちに背中《せなか》をむけた。

「——本当《ほんとう》に行《い》ってしまいましたね」

のこされたのは、あたしとしおりちゃんとエンマの初心者《しょしんしゃ》3人組《にんぐみ》。

さっきまで大騒《おおさわ》ぎしていた部室《ぶしつ》の中《なか》が、急《きゅう》にガランと静《しず》かになる。

それはまるであたしの胸《むね》の中《なか》みたいだ。

左胸《ひだりむね》にぽっかり穴《あな》があいたみたい。

スースーと風《かぜ》がふいて、大事《だいじ》なものがなくなっちゃった感《かん》じ。

どうしよう。あたしメチャクチャ、ショックを受《う》けてる。

トウマ先輩《せんぱい》の言葉《ことば》のせいなのか、絶対《ぜったい》に最後《さいご》はそばにいてくれるって信《しん》じてた王子《おうじ》が、本当《ほんとう》にこの部室《ぶしつ》からでて敵《てき》になってしまったせいなのか……。混乱《こんらん》していて、わからない。

ドクドクドク。

心臓《しんぞう》が早鐘《はやがね》を打《う》つのが聞《き》こえる。

いつでも、大丈夫《だいじょうぶ》って前《まえ》をみられたのに。こんなに不安《ふあん》な気持《きも》ち、いままで一度《いちど》もないよ。

5 『パーティー』2号《ごう》、本格《ほんかく》始《し》動《どう》！

「それでは。第《だい》1回編集会議《かいへんしゅうかいぎ》をはじめます」

とりあえずこのままじゃ仕事《しごと》にならない！……ということで。

窓《まど》を開《あ》けて部屋《へや》の掃除《そうじ》をしたおかげで、少《すこ》しはまともな空間《くうかん》になってきた。

「2号目《ごうめ》は、編集部《へんしゅうぶ》の存続《そんぞく》をかけた、まさに『**勝負号**《しょうぶごう》』。絶対《ぜったい》に読者《どくしゃ》さんに喜《よろこ》んでもらえるような雑誌《ざっし》を作《つく》ろう。それが結果的《けっかてき》に、勝利《しょうり》につながるんじゃないかと思《おも》うから！」

あたしの言葉《ことば》にしおりちゃんとエンマは大《おお》きくうなずく。

「とりあえず3つ企画《きかく》を考《かんが》えてみたので、ボードに書《か》くね」

ホワイトボードに書《か》いたのは……。

・三《み》ツ星学園《ぼしがくえん》の輝《かがや》いている人《ひと》ランキング（インタビュー付《つ》き）
・各部活《かくぶかつ》の期待《きたい》の新人《しんじん》インタビュー

・ここぞというときに相談《そうだん》できる先生《せんせい》ランキング（勉強《べんきょう》・友《とも》だち・恋愛《れんあい》などジャンル別《べつ》）

これなら、性別《せいべつ》や学年《がくねん》に関係《かんけい》なく、どの生徒《せいと》でも気《き》になる話題《わだい》だと思《おも》うんだ。

ホワイトボードを見《み》つめていたエンマが、イスをギシギシゆらしながらつぶやく。

「そーゆー企画《きかく》なら、すでに新聞部《しんぶんぶ》は動《うご》いてるんじゃねーか？」

「え？　だってさっき勝負《しょうぶ》が決《き》まったばかりだよ？」

「ばーか。勝負《しょうぶ》を挑《いど》んできた時点《じてん》で、新聞部《しんぶんぶ》はあるていど決《き》めてるに決《き》まってるじゃねーか」

しおりちゃんを見《み》ると「ありえます」と大《おお》きくうなずく。

ぎゃーっ！

勝負《しょうぶ》の世界《せかい》、こわい！

「ぐあああ。じゃあ悠長《ゆうちょう》に会議《かいぎ》なんてしてる場合《ばあい》じゃないのかも！」

ふ、不安《ふあん》になってきた！

「じゃあ会議《かいぎ》はここまでにして、まずは手分《てわ》けして、運動部《うんどうぶ》、文化部《ぶんかぶ》に突撃取材《とつげきしゅざい》してこよう！」

あたしは宝物《たからもの》の虹色《にじいろ》の万年筆《まんねんひつ》を胸《むね》ポケットにさしいれ、突撃取材《とつげきしゅざい》にむかうのだった。

転《ころ》がるようなはやさで、廊下《ろうか》をかけぬけ（先生《せんせい》に『走《はし》るな！』って怒《おこ》られたけど）、まずは校《こう》庭《てい》で練習中《れんしゅうちゅう》のサッカー部《ぶ》のもとへと走《はし》る。

「『パーティー』編集部《へんしゅうぶ》です！　今度《こんど》サッカー部《ぶ》のことを取《と》りあげたいと思《おも》っているんですが……」

「悪《わる》いな。まえに新聞部《しんぶんぶ》がきて、今後取材《こんごしゅざい》は新聞部《しんぶんぶ》のものしか受《う》けないことになったから」

「そんなぁ！」

新聞部《しんぶんぶ》がすでに動《うご》いているなら、まずは片《かた》っぱしから部活《ぶかつ》をあたったほうがいい。

あたしは、「あとでまた来《き》ます」とだけいい、力《ちから》いっぱい校庭《こうてい》をかけだした。

ダダダダーっ、キキッ。

なんか、いま素通《すどお》りしたような気《き》がする！

まわれ右《みぎ》をして確認《かくにん》すると、『視聴覚室《しちょうかくしつ》』には、たくさんのパソコンと、ひとかげが見《み》えた。

「こんにちは。失礼《しつれい》します」

「――映画研究部《えいがけんきゅうぶ》になにか用《よう》？」

「ここって、映画研究部《えいがけんきゅうぶ》だったんですね！」

「そうだよ。ま、みんな素通《すどお》りしていくけどね」

おっとりした雰囲気《ふんいき》の男子《だんし》は、そういうと大《おお》きなためいきをつく。

「はじめまして！　あたし雑誌《ざっし》を作《つく》っている、1年《ねん》A組《エーぐみ》の白石《しらいし》ゆのです！」

キーン。

そういったあと、いきおいよくお辞儀《じぎ》をし、顔《かお》をあげると男子《だんし》は耳《みみ》をふさいでいる。

「声《こえ》が大《おお》きいって。耳《みみ》がキーンってしたぞ！」

「ぎゃー、ごめんなさい！」

そうだった！　王子《おうじ》にも「ここは富士《ふじ》の樹海《じゅかい》じゃない！　静《しず》かに」って怒《おこ》られたんだ。

「僕《ぼく》は3年《ねん》で部長《ぶちょう》の**川西《かわにし》まこと**。雑誌《ざっし》って文化祭《ぶんかさい》で配《くば》ってたアレ？」

「覚《おぼ》えてくれてるんですか？　うれしいです。

そうです、あの『パーティー』です」

「だからもっと声《こえ》のボリューム小《ちい》さく！」

ぎゃっ、またやっちゃった！

「うちの雑誌《ざっし》で、こんど映画研究部《えいがけんきゅうぶ》さんの取材《しゅざい》をさせてもらえませんか？」

「地味《じみ》で暗《くら》い映画研究部《えいがけんきゅうぶ》を？」

「地味《じみ》じゃないですよ！　映画《えいが》とか撮《と》ってるんでしょ？」

映画《えいが》を撮《と》るなんて、最高《さいこう》にカッコイイじゃん！

キラキラした目《め》で川西部長《かわにしぶちょう》を見《み》ると、「はーっ」と大《おお》きなためいきをつく。

「みんな勘《かん》ちがいするんだよな。撮《と》るわけないだろ。研究《けんきゅう》してるんだよ。研究《けんきゅう》」

「けんきゅう？」

「上映中《じょうえいちゅう》の映画《えいが》から過去《かこ》の名作《めいさく》。さらには今後上映《こんごじょうえい》される映画《えいが》のことを、議論《ぎろん》する部活《ぶかつ》なんだ」

川西部長《かわにしぶちょう》って映画《えいが》の話《はなし》になると、いい目《め》になるなぁ。

「川西部長《かわにしぶちょう》は映画《えいが》が好《す》きなんですか？」

「そりゃもう！　みはじめると寝《ね》るのが惜《お》しいくらいだよ！」

「わかります。あたしは本《ほん》が大好《だいす》きなので。それならうちの雑誌《ざっし》で、ぜひ部長《ぶちょう》のおススメ映画《えいが》コーナーをお願《ねが》いできませんか？」

「……別《べつ》にいいけど」

川西部長《かわにしぶちょう》の言葉《ことば》に、ガッツポーズをとる。

「やった！　実《じつ》は今度新聞部《こんどしんぶんぶ》と対決《たいけつ》することになりましたので、絶対《ぜったい》に勝《か》ちたいんです」

あたしが新聞部《しんぶんぶ》の名前《なまえ》をだすと、川西部長《かわにしぶちょう》がぎょっとした顔《かお》をする。

「新聞部《しんぶんぶ》がらみかよ！　パスパス！　あそこに目《め》をつけられたらおしまいだから！」

ええええっ。新聞部《しんぶんぶ》の名前《なまえ》を出《だ》したとたん、いきなり手《て》のひら返《かえ》されたんですけど！

絶句《ぜっく》するあたしに「新聞部《しんぶんぶ》はうちの学園《がくえん》でいちばん力《ちから》のある部活《ぶかつ》だからさ……」と川西部長《かわにしぶちょう》が声《こえ》を潜《ひそ》めて、はなしはじめる。

「にらまれたら、新聞《しんぶん》に取《と》りあげてもらえなくなる。そしたら新入部員《しんにゅうぶいん》も入《はい》らなくなるし、とにかく報復《ほうふく》がこわいから……」

報復《ほうふく》！　そんなんあるんですか⁉

そこから気《き》の毒《どく》そうにあたしを見《み》る。

「だから新聞部《しんぶんぶ》と対決中《たいけつちゅう》なら、どこの部《ぶ》も君《きみ》のところに記事《きじ》なんて載《の》せないと思《おも》う」

「そ……そんな！」

「そーゆーわけだから。勝負《しょうぶ》もあきらめたほうがいいと思《おも》うよ」

無情《むじょう》にも川西部長《かわにしぶちょう》は冷《つめ》たくつげ、ドアをしめてしまった。


バスケ部《ぶ》。軽音部《けいおんぶ》。剣道部《けんどうぶ》。陸上部《りくじょうぶ》。ダンス部《ぶ》。吹奏楽部《すいそうがくぶ》。テニス部《ぶ》。

行《い》く先々《さきざき》で新聞部《しんぶんぶ》と鉢合《はちあ》わせ！

新聞部《しんぶんぶ》との対決《たいけつ》の話《はなし》をすると、顔色《かおいろ》を変《か》えて断《ことわ》られちゃうんだよね……。

最後《さいご》はだめもとで野球部《やきゅうぶ》！

グラウンドに走《はし》っていくと、バックヤードでデレデレしてる主将《しゅしょう》がいる！

……ということは……。

ぎゃっ。主将《しゅしょう》の目《め》の前《まえ》には紫村《しむら》さん！

「あら。へっぽこ編集部《へんしゅうぶ》さん。おつかれさまですぅ〜」

あ。紫村《しむら》さんが、女子力全開《じょしりょくぜんかい》のお仕事《しごと》モードだ！

「あ、あの編集部《へんしゅうぶ》でもぜひ取材《しゅざい》をお願《ねが》いしたいんですけど」

「山猿《やまざる》は山《やま》へ帰《かえ》れ！　俺《おれ》が主将《しゅしょう》のあいだは、新聞部《しんぶんぶ》に独占《どくせん》で記事《きじ》を載《の》せることになったんだ」

「カレン本当《ほんとう》に幸《しあわ》せ者《もの》です〜」

「いえいえっ、カレンさんのたのみなら、運動部主将《うんどうぶしゅしょう》は全員《ぜんいん》あなたの味方《みかた》です！」

なんだとー！

これからずっと、野球部《やきゅうぶ》に独占《どくせん》インタビューはお願《ねが》いできないってこと!?

紫村《しむら》さんは主将《しゅしょう》に背《せ》をむけると、表情《ひょうじょう》がくるりと変化《へんか》し、鬼《おに》の形相《ぎょうそう》になる。

「勝負《しょうぶ》することが決《き》まった瞬間《しゅんかん》に、あたしは部《ぶ》と交渉《こうしょう》をはじめたのよ。ほとんど新聞部《しんぶんぶ》の味方《みかた》。現実世界《げんじつせかい》では、ノロマなかめちゃんは、うさぎさんに勝《か》てないの」

くーっ。エンマのいってたとおりか。

そうだとしても、さすが新聞部《しんぶんぶ》！　さすが紫村《しむら》さん！　仕事《しごと》が早《はや》い！

いぜん『パーティー』で増刊号《ぞうかんごう》を作《つく》った演劇部《えんげきぶ》は、中立《ちゅうりつ》でいてくれてるみたいなんだけど。

いまは演劇《えんげき》コンクールで大会《たいかい》に行《い》ってるみたいだから、心配《しんぱい》はかけたくないし……。

どうしたらいいのー!?

「ただいま」

部室《ぶしつ》に帰《かえ》ると、しおりちゃんとエンマはすでに部屋《へや》にいた。

あたしが小《ちい》さく首《くび》をふると、すべてを察《さっ》したようにうつむく。

「ダメだ！　全滅《ぜんめつ》」

ガックリ肩《かた》をおとすと、「ただし」とエンマがニヤリと笑《わら》う。

「新聞部《しんぶんぶ》のスクープをつかんできたぜ。けけけ」

えええっ。エンマ、いつのまに!!

「……でも相手《あいて》がどんな記事《きじ》を作《つく》るのかとか調《しら》べるのって、ズルにならない？」

まぁ。うちは新聞部《しんぶんぶ》にさぐられるようなネタは、まだなにももってないけど。

「──貴様《きさま》らに手《て》の内《うち》を知《し》られても痛《いた》くもかゆくもないわ」

思《おも》いがけない声《こえ》に、全員《ぜんいん》がふりかえる。

そこには、メガネに手《て》をかけた、灰塚先輩《はいづかせんぱい》が立《た》っていた。

「灰塚《はいづか》！」

「くぉら！　じゃなかった！　なにかご用《よう》ですか？」

「ずいぶんなごあいさつだな。エリート新聞部様《しんぶんぶさま》、ボロ部室《ぶしつ》へようこそ、だろうが」

きーっ。そんなこと言《い》うわけないじゃん。

「貴様《きさま》たちに用意《ようい》させてもらった部室《ぶしつ》の感想《かんそう》を聞《き》きにきたのさ。ピッタリだろう」

そう言《い》って灰塚先輩《はいづかせんぱい》はニヤリと笑《わら》う。（くっ、わかってるくせに！）

「貴様《きさま》らとはレベルがちがいすぎるからな。うちの企画《きかく》をとくと聞《き》くがよい！」

そう言《い》うと、灰塚先輩《はいづかせんぱい》は名前《なまえ》と同《おな》じ、グレーの手帳《てちょう》をひらく。

・やまかけ特大《とくだい》スペシャル
・各部活《かくぶかつ》の独占取材《どくせんしゅざい》
・三《み》ツ星学園《ぼしがくえん》なんでもランキング
・青木《あおき》トウマの独占《どくせん》マンガ

「ま、こんなのはまだ序《じょ》の口《くち》。まだまだ新《あら》たな記事《きじ》ができる予定《よてい》だ」

げ。この状況《じょうきょう》でもヤバイのに、さらにおもしろ記事《きじ》を載《の》せるってこと!?

青《あお》ざめるあたしを見《み》て、灰塚先輩《はいづかせんぱい》は満足《まんぞく》そうに鼻《はな》の穴《あな》をふくらませる。

「いま学園《がくえん》どころか、世界中《せかいじゅう》が注目《ちゅうもく》している大《だい》ニュースをつかんだところだ」

学園《がくえん》どころか世界中《せかいじゅう》!?　どんだけビッグなのよ、新聞部《しんぶんぶ》！

「ひざまずいて泣《な》く準備《じゅんび》をしておくんだな。はーっはっはっは」

編集部《へんしゅうぶ》を不安《ふあん》にさせるだけさせて、灰塚先輩《はいづかせんぱい》はきびすをかえす。

灰塚先輩《はいづかせんぱい》が消《き》えた部室《ぶしつ》の入口《いりぐち》を、くちびるをかみしめて見《み》つめた。


「ヤベーぜ。大《だい》ピンチだな」

「……とても困難《こんなん》な勝負《しょうぶ》だと思《おも》います」

ポツリとつぶやいたエンマとしおりちゃんの言葉《ことば》に、あたしはハッと姿勢《しせい》を正《ただ》す。

あたしもふくめ、気持《きも》ちで負《ま》けたら新聞部《しんぶんぶ》の思《おも》うツボだ。

こんなときにパパなら……宝井編集長《たからいへんしゅうちょう》だったらなんていうかな。

「危機《きき》という言葉《ことば》は2つの漢字《かんじ》でできている。ひとつは危険《きけん》、もうひとつは好機《こうき》」

あたしの言葉《ことば》に、ふたりがハッとした顔《かお》をする。

心《こころ》の中《なか》の勇気《ゆうき》や希望《きぼう》の花《はな》が枯《か》れそうになったとき。

あたしは、自分《じぶん》の好《す》きな言葉《ことば》や元気《げんき》をもらった言葉《ことば》を思《おも》いだす。

いままで出会《であ》った勇気《ゆうき》のでる言葉《ことば》たちを、『**言葉《ことば》の標本《ひょうほん》**』ってノートに採集《さいしゅう》してね。

いつでもとり出《だ》せるようにしてるんだ。

「**ピンチのあとにはチャンスがある**ってことなんだよ。それを信《しん》じて、『パーティー』編集部《へんしゅうぶ》は面白《おもしろ》い雑誌《ざっし》を作《つく》ろう！」

「ピンチのあとにはチャンスか」

「よい言葉《ことば》ですね」

しおりちゃんとエンマの目《め》に、ゆっくりと灯《あか》りがともる。

きっと努力《どりょく》しないでおとずれた『チャンス』は、だれにでも来《く》るありきたりのチャンスだ。

でもピンチのときにつかまえた『チャンス』はちがう。

それは、自分《じぶん》たちで『作《つく》って、ひき寄《よ》せたチャンス』だからさ。

自分《じぶん》でひき寄《よ》せたチャンスには、キセキをうみだす力《ちから》があるって、あたしは信《しん》じてる。

『言葉《ことば》の力《ちから》』が、しおれかけたあたしの心《こころ》の花《はな》を少《すこ》しずつ元気《げんき》にしてくれる。

みてろー！　エリート新聞部《しんぶんぶ》！

へっぽこ編集部《へんしゅうぶ》の底力《そこぢから》、とくとお見《み》せしてやるんだから！

6 W《ダブル》ライバル宣言《せんげん》？

翌日《よくじつ》。

「おはよー！　ん？　なんじゃこりゃ」

自分《じぶん》の机《つくえ》にカバンをおいて中《なか》を見《み》ると、ハートのイラストが入《はい》った、かわいいピンクの手紙《てがみ》が。

ビリビリ。

封《ふう》を開《あ》けると、ピーチとライチをまぜたような甘《あま》いかおりがふわっと鼻孔《びこう》をくすぐる。

びんせんには、かわいい文字《もじ》で、

『だぁ～い好《す》きな白石《しらいし》ゆのちゃんへ

こんにちは。あなたの親友《しんゆう》、紫村《しむら》カレンです♡

今日《きょう》はあ、とお～っても大事《だいじ》な相談《そうだん》があるので、放課後《ほうかご》、音楽室《おんがくしつ》にひとりで来《き》てね☆

カレンのお手紙《てがみ》、ぜーったいナ・イ・ショ、だよっ☆

紫村《しむら》カレン☆』

すさまじい量《りょう》の怨念《おんねん》がこもっているのか、手紙《てがみ》を持《も》つ指先《ゆびさき》がピリピリする。

びんせんも文字《もじ》もすっごくかわいいのに、ものすごく怖《こわ》いよーっ！

「――青《あお》ざめてるけど、どうしたの？」

学校《がっこう》に登校《とうこう》してきたひなこちゃんが、心配《しんぱい》そうな顔《かお》であたしを見《み》つめる。

「あ、ひなこちゃん、おはよー。なんでもないよ」

ひなこちゃんに見《み》えないようにサッと手紙《てがみ》をかくし、ニカッと笑《わら》う。

星川《ほしかわ》ひなこちゃんはあたしのクラスメイトでね。

転校初日《てんこうしょにち》のあいさつであたし、失敗《しっぱい》しちゃってさ。浮《う》いてたんだ。（いまでもか……トホホ）

友《とも》だちができなくておちこんでたあたしに、最初《さいしょ》に話《はな》しかけてくれたスゴイ女《おんな》の子《こ》。

しかも読《よ》んでた本《ほん》がぐうぜん、いっしょだったのがキッカケなの！　すごいでしょ！

だからひなこちゃんは、本《ほん》が連《つ》れてきてくれたあたしの大切《たいせつ》なお友《とも》だちなんだ。

「ねえ、ひなこちゃん。新聞部《しんぶんぶ》のことって知《し》ってる？」

ひなこちゃんは机《つくえ》にカバンをおくと、ふしぎそうな顔《かお》をする。

「新聞部《しんぶんぶ》って……部長《ぶちょう》がだれだかわからない、ちょっとかわった部《ぶ》でしょ？」

「へー。本当《ほんとう》に、部長《ぶちょう》さんの正体《しょうたい》をだれも知《し》らないんだ」

うひゃー。うわさにはきいてたけど、やっぱりそうなんだ！

それにしたって……とひなこちゃんは、ひじであたしのわきばらをつつく。

「新聞部《しんぶんぶ》のことなら、幼《おさな》なじみの王子様《おうじさま》に聞《き》けばいいじゃない」

「……う。今《いま》ちょっと王子《おうじ》には聞《き》きにくくって……」

「えー。王子様《おうじさま》とケンカしちゃったの？　早《はや》く仲直《なかなお》りしないとダメだよ～」

「うーん。ケンカってわけじゃないんだけど（モニョモニョ）」

そうなんだ。王子《おうじ》が部室《ぶしつ》をでていって以降《いこう》避《さ》けられている気《き》がするんだよね。

「でもさすがに部員《ぶいん》にはわかってるんじゃないの？」

ひなこちゃんは「わたしもそんなに良《よ》くわからないんだけど……」と上《うえ》をみる。

「部員《ぶいん》にも正体《しょうたい》を明《あ》かしてないんだって。学園《がくえん》のトップシークレットなの」

「えええっ！　部員《ぶいん》さんにも!?」

思《おも》わずのけぞると、ひなこちゃんは大《おお》きくうなずく。

「わたしが入学《にゅうがく》する前《まえ》からずーーっとそうみたい」

へーっ。そんなことってあるんだ！

さすがエリート新聞部《しんぶんぶ》。なんかスゴイなぁ。

「じゃあ、部長《ぶちょう》はどうやってみんなの記事《きじ》の確認《かくにん》とかするの？」

「部長《ぶちょう》の机《つくえ》にある箱《はこ》に入《い》れておくと、あっと言《い》う間《ま》に確認《かくにん》されてもどってるんだって」

「うひゃー！　ミラクル!!　学園《がくえん》の七不思議《ななふしぎ》みたいだね」

あたしの素直《すなお》な感想《かんそう》に、ひなこちゃんも「わたしもそう思《おも》う」と大《おお》きくうなずいた。

「教《おし》えてくれてありがとう。ところで『魔女魔女《まじょまじょ》☆クッキング』の新刊《しんかん》読《よ》んだ？」

「読《よ》んだ！　今回《こんかい》の料理対決《りょうりたいけつ》もすごかったよねー」

ひなこちゃんは、本《ほん》の感想《かんそう》を熱《あつ》く語《かた》りはじめる。

よし、バレてない！

ゴソゴソっ。

手紙《てがみ》のことは少《すこ》しわすれ、つかの間《ま》の楽《たの》しい時間《じかん》を過《す》ごすのだった。


キンコーンカンコーン。

ぐは――っ。ついに恐怖《きょうふ》の放課後《ほうかご》になっちゃった！

あたしは意《い》を決《けっ》して、見《み》つからないよう、指定《してい》された音楽室《おんがくしつ》へむかう。

「あ。ゆのちゃぁーん。こっち、こっち☆」

声《こえ》の主《ぬし》を見《み》ると、笑顔《えがお》で手招《てまね》きする紫村《しむら》さんが！　こわっ。こわいよー！

「約束《やくそく》どおり、ひとりで来《き》てくれたのぉ？」

不安《ふあん》そうに、口元《くちもと》を手《て》でおおいながら、紫村《しむら》さんはキョロキョロとまわりを確認《かくにん》する。

「は、はいっ。モチロン」

「……ほかの人《ひと》にはカレンの手紙《てがみ》のこと」

「言《い》ってない！　神《かみ》に誓《ちか》って言《い》ってないです！」

紫村《しむら》さんは「そっかぁ。良《よ》かつた☆」と両手《りょうて》を胸《むね》にあてて、ほぅっとため息《いき》をつく。

紫村《しむら》さんって、動作《どうさ》のすべてが『女《おんな》の子《こ》』って感《かん》じなんだよなぁ。

そう思《おも》ったとたん、キュートな笑顔《えがお》をふりまいていた紫村《しむら》さんから、表情《ひょうじょう》が消《き》えた。

髪《かみ》をさらっとかきあげたあと、呪殺《じゅさつ》せんばかりのまなざしであたしをにらみつける。

「――**毛虫《けむし》とは一度《いちど》きっちり話《はな》そうと思《おも》ってたのよ**」

ぎゃああああああああああ！

さっきと百八十度変《どか》わって、目《め》がすわってるっ。

それに毛虫《けむし》ってあたしのこと!? ひ、ひどすぎるっ!

ママッ、ここにあなたが先日《せんじつ》描《か》いてたホラーマンガの鬼女《きじょ》、鬼女《きじょ》がおるよ!

「毛虫《けむし》はカレンの王子様《おうじさま》を、どう思《おも》ってるのか。包《つつ》み隠《かく》さず言《い》いなさい!」

「紫村《しむら》さんの王子様《おうじさま》? ——あぁ、王子《おうじ》のことか」

あたしの言葉《ことば》に、目《め》がすわったままの紫村《しむら》さんがコクンとうなずく。

「お、王子《おうじ》は、いつもイヤミばっかり言《い》って、宿題《しゅくだい》しろとか部屋《へや》をかたづけろとか、寝坊《ねぼう》するなとかイジワルばっかり言《い》ってくる。口《くち》うるさいけどたよりになる幼《おさな》なじみ?」

ゴゴゴゴゴゴゴゴゴゴゴゴゴゴゴゴ。

ぎえええええええええ——!

目《め》をむいた紫村《しむら》さんの瞳孔《どうこう》が妖《あや》しく光《ひか》り、髪《かみ》がメデューサのようにウネウネとうごめく蛇《へび》のように見《み》えまする!

「この女《おんな》! 紫村《しむら》カレンにむかって、**『黒崎《くろさき》くんとラブラブなのっ♪』**って自慢《じまん》してんの?」

ら、ラブラブ!?

あまりの拡大解釈《かくだいかいしゃく》に、あたしは口《くち》をパクパクさせちゃう。

「ただの幼《おさな》なじみですってば！」

「ただの幼《おさな》なじみ？　それだけで孤高《ここう》の王子様《おうじさま》が、あんなに献身的《けんしんてき》にアンタの面倒《めんどう》みるわけないでしょうがあああーっ！」

「ひーっ、ゴカイです！　王子《おうじ》は家族《かぞく》みたいなもんでっ」

「きいいいいいいいいいいいい！　家族《かぞく》ぐるみの仲《なか》ですってえええ！」


バキっ。


紫村《しむら》さんが、机《つくえ》の上《うえ》においてあったリコーダーを素手《すで》でボッキリ割《わ》ったんですけどっ！

涙目《なみだめ》でおびえるあたしをみて、紫村《しむら》さんがクラリとよろけた。

「——まさか、本当《ほんとう》にアンタの雑誌《ざっし》に載《の》ったマンガどおり、王《おう》子様《じさま》が……なの!?」

「え？　王子《おうじ》がなんですって？」

なんかゴニョゴニョ言《い》ってて、聞《き》き取《と》れなかったんだけど。


ブチリ。

キョトンとして聞《き》き返《かえ》したせいか、ゴムみたいなものが切《き》れ

たような音《おと》が聞《き》こえる。

「――それをあたしに聞《き》く？　**ゆるせないいいいいいっ！**　アンタ、本当《ほんとう》に無自覚《むじかく》なの？　しかもあんなステキな王子様《おうじさま》がそばにいて、なんとも思《おも》ってないってわけ？　アンタみたいな毛虫《けむし》に、学園一《がくえんいち》のモテ少女《しょうじょ》のあたしが負《ま》けてるなんて認《みと》めない！　**絶対《ぜったい》に認《みと》めないいいいっ！**」

ゴゴゴゴゴゴ。

「ぎゃ――――っ！　つ、机《つくえ》を持《も》ち上《あ》げないでええ！」

近《ちか》くの机《つくえ》を持《も》ち上《あ》げてぶん投《な》げようとする紫村《しむら》さんに、全力《ぜんりょく》で命《いのち》ごいする。

机《つくえ》をかかげた紫村《しむら》さんは、ズシンズシンとゴジラのように、こっちへむかってくる。

「**毛虫《けむし》のくせに！　毛虫《けむし》のくせに！**」

「ひぎゃーっ。おたすけを――――――！」

それがぶつかったら、さすがのあたしでもマズイですって!!

あんな細《ほそ》くて白《しろ》い腕《うで》して、なんつーバカ力《ぢから》！

「――でもこれでわかったわ。今日《きょう》は取引《とりひき》の話《はなし》をしにきたの」

「と、取引《とりひき》？」

「そ。新聞部《しんぶんぶ》の青木《あおき》トウマの連載《れんさい》。『パーティー』にゆずってあげてもいい。その代《か》わり二度《にど》と黒崎《くろさき》くんをそっちのヘンタイ部《ぶ》にさそわない、アンタも二度《にど》と黒崎《くろさき》くんに近《ちか》づかない。どう？」

髪《かみ》をクルクルと指《ゆび》でもてあそびながら、紫村《しむら》さんは言《い》いはなつ。（ヘンタイ部《ぶ》ってヒドイ！）

「黒崎《くろさき》くんは、もとから新聞部《しんぶんぶ》だもの。聞《き》くまでもないけどね」

「どうして敵同士《てきどうし》なのに、トウマ先輩《せんぱい》の原稿《げんこう》をゆずってくれるなんていうの？」

「あたしは新聞部《しんぶんぶ》がどうなろうと関係《かんけい》ないの。黒崎《くろさき》くんのそばにいたいだけだから」

うひゃー、紫村《しむら》さん、本当《ほんとう》に王子《おうじ》が好《す》きなんだ！

新聞部《しんぶんぶ》との勝負《しょうぶ》をするからには、トウマ先輩《せんぱい》の原稿《げんこう》は喉《のど》から手《て》が出《で》るほどほしい。

それに王子《おうじ》は新聞部《しんぶんぶ》なのに、『パーティー』に付《つ》きあってくれていた。

でもここで「ウン」って言《い》っていいのかな？

「**――この取引《とりひき》には応《おう》じられません**」

「はあああ？」

「王子《おうじ》がどうするかは、あたしが決《き》められることじゃないから」

「あっそ。たった1パーセントの逆転《ぎゃくてん》のチャンスだったのに。新聞部《しんぶんぶ》がアンタたちをたたきのめして、『パーティー』は解散《かいさん》すればいいわ。そしたら黒崎《くろさき》くんはあたしのもの――おーっほっほ」

負《ま》けない！　絶対《ぜったい》に負《ま》けない！

高笑《たかわら》いする紫村《しむら》さんをのこし、あたしはくるりと踵《きびす》をかえすと全力《ぜんりょく》でかけだすのだった。

ハッ、ハッ、ハッ。

いまは考《かんが》えたくなくて、全速力《ぜんそくりょく》で走《はし》りつづける。

気《き》づいちゃった。

あたし、やっぱり王子《おうじ》といっしょに雑誌《ざっし》を作《つく》りたい。

王子《おうじ》が部室《ぶしつ》を去《さ》ってからずっと、胸《むね》がスカスカして苦《くる》しかった。

あたし、どこかで王子《おうじ》は絶対《ぜったい》に味方《みかた》でいてくれるって思《おも》ってたって証拠《しょうこ》だよね。

もう一度《いちど》。もう一度《いちど》、家《いえ》に帰《かえ》って王子《おうじ》にお願《ねが》いしてみよう。

『パーティー』には王子《おうじ》が必要《ひつよう》なんだって。

しおりちゃんと、エンマと王子《おうじ》とあたし。４人《にん》で作《つく》りたいんだ！

「……もどらないのか」

そのときふいに、花壇《かだん》のむこうから聞《き》こえてきた、聞《き》きなれた低《ひく》い声《こえ》がふたつ。

あたしは速度《そくど》をゆるめ、そっと声《こえ》のするほうへ近《ちか》づいてみる。

あ、王子《おうじ》！　それにエンマまで！

王子《おうじ》とエンマがふたりでなにをしゃべってるの？

「——俺《おれ》は助《すけ》っ人《と》。新聞部所属《しんぶんぶしょぞく》だって何度《なんど》も言《い》ってるだろ」

「ばーか、そんなの知《し》ってるに決《き》まってるだろ。理由《りゆう》があるだろ、なにかさ」

「もどれない理由《りゆう》なんてない。気《き》のせいじゃないか？」

挑発的《ちょうはつてき》なエンマの言葉《ことば》を、王子《おうじ》もあくまでかわしつづける。

王子《おうじ》、怖《こわ》い。

あたしには見《み》せたことのないタイプの、不快感《ふかいかん》と敵意《てきい》むきだしの表情《ひょうじょう》だ。

でもエンマも一歩《いっぽ》もひかず、むしろそれを楽《たの》しんでいるかのよう。

「オレサマをだれだと思《おも》ってるんだよ。学園一《がくえんいち》の情報屋《じょうほうや》の赤松円馬様《あかまつえんまさま》だぜ？　黒崎《くろさき》が新聞部《しんぶんぶ》にこだわるのは、きっとやめられない理由《りゆう》があるからだ。——ちがうか？」

「……なんのことかわからないな」

「ふーん。コレ。関係《かんけい》あんじゃね？」

エンマが王子《おうじ》になにかを見《み》せてるけど、あたしのいるところからは木《き》が邪魔《じゃま》で確認《かくにん》できない。

「！　それは」

「けけけ。ビンゴ。なぁ、オマエのひみつ、教《おし》えろよ。**とびっきりの大《だい》スクープを**」

勝《か》ちほこったように笑《わら》うエンマに、王子《おうじ》は冷《つめ》たくこたえる。

「そんなものは幻想《げんそう》だ。俺《おれ》は新聞部《しんぶんぶ》にいたいからいるだけだ」

「いちごパンツが泣《な》いてるぞ」

ドキリ。

とつぜん、自分《じぶん》の名前《なまえ》があがり、あたしははっとする。

あたしが見《み》ているって気《き》づいていない王子《おうじ》は、エンマの言葉《ことば》にふっと笑《わら》う。

「あいつは強《つよ》い。——俺《おれ》がぬけたごときじゃ泣《な》かない」

王子《おうじ》。それはごかいだよ。

あたし、こんなに王子《おうじ》といっしょに雑誌《ざっし》を作《つく》りたいと思《おも》ってる。

今《いま》すぐとびだして、「王子《おうじ》が『パーティー』には必要《ひつよう》なんだ！」って大声《おおごえ》で言《い》うべきなのかな。

でもなんでだろう。魔法《まほう》をかけられたみたいに、足《あし》がピクリとも動《うご》かないよ……。

「——俺《おれ》にはこの学園《がくえん》で、どうしてもやらなければいけないことがある。それにあいつを巻《ま》きこみたくないんだ。——赤松《あかまつ》。ゆのをよろしくたのむ」

王子《おうじ》はエンマにそれだけ言《い》うと、去《さ》っていった。

王子《おうじ》がこの学園《がくえん》でどうしてもやらなくちゃいけないことって、なに？

そんなはなし、いままで一度《いちど》も聞《き》いたことなかったよ……。

しかもさっきの王子《おうじ》の口調《くちょう》。

王子《おうじ》の覚悟《かくご》は本物《ほんもの》だ。王子《おうじ》は『パーティー』に帰《かえ》ってこない。

あたしたち、本当《ほんとう》に別々《べつべつ》になっちゃうんだ。

王子《おうじ》の背中《せなか》を目《め》で追《お》いながら、あたしはなすすべもなく立《た》ちすくんだ——。


「ただいま」

部室《ぶしつ》にもどると、エンマはなにごともなかったようにすわってた。

本当《ほんとう》はエンマにかけよって色々《いろいろ》聞《き》きたいところだけど。

男同士《おとこどうし》の話《はな》し合《あ》いに、あたしが口《くち》をはさむわけにはいかない。

へこんでちゃダメだ。いまは雑誌《ざっし》を成功《せいこう》させることに集中《しゅうちゅう》しなくっちゃ！

「いちごパンツ、ヤバイぜ。だれもオレらには協力《きょうりょく》してくれない」

「ええ？　先生《せんせい》たちまで？」

「灰塚《はいづか》が言《い》ってた『三《み》ツ星学園《ぼしがくえん》なんでもランキング』。あれが、教師《きょうし》・先輩《せんぱい》・購買部《こうばいぶ》の売《う》れ筋《すじ》、なんでもありのランキングだったんだ」

ぎゃーっ。そうだったのか！

「相手《あいて》は学園一《がくえんいち》の新聞部《しんぶんぶ》ですからね。正式《せいしき》な勝負《しょうぶ》となると協力者《きょうりょくしゃ》も減《へ》るのだと思《おも》います」

つぶやいたしおりちゃんも、くやしそうに下《した》をむく。

勝《か》てる要素《ようそ》がひとつも見《み》つけられず、部室《ぶしつ》はまるでお通夜《つや》のように、しんとなる。

「はーっはっはっは。よくやく己《おのれ》の身《み》の程《ほど》に気《き》づいたってわけか。一歩成長《いっぽせいちょう》したな」

灰塚先輩《はいづかせんぱい》！　またもや、なんの用《よう》ですか！

「白石《しらいし》、貴様《きさま》に、とっておきのお知《し》らせがある」

お知《し》らせ？　もういいよ。傷口《きずぐち》に塩《しお》を塗《ぬ》るのはやめてください！

「れいの企画《きかく》が正式《せいしき》に決《き》まった」

「あ？　あの全世界《ぜんせかい》がどーのこーのってやつか？」

灰塚先輩《はいづかせんぱい》は得意気《とくいげ》に胸《むね》をそらし、「正解《せいかい》！」とひとさし指《ゆび》を立《た》ててのたまう。（この言《い》いかた、本気《ほんき》でむかつくー！）

「昨年公開《さくねんこうかい》された世界的大《せかいてきだい》ヒットアニメといえば？」

なになにっ、いきなりクイズですか!?

「すてきな歌声《うたごえ》も話題《わだい》になった**『スノー・プリンセス』**ですか？」

灰塚先輩《はいづかせんぱい》はさらにふんぞりかえり（身体《からだ》やわらかいな〜）、「正解《せいかい》！」とゆびさす。

「新聞部《しんぶんぶ》が『スノー・プリンセス』の続編《ぞくへん》のあらすじをどこよりも早《はや》く掲載《けいさい》する」

えええええええええっ。

まだテレビや雑誌《ざっし》にもでてない情報《じょうほう》だよね？　どうしてそんなことがわかるの!?

「3年E組《ねんイーぐみ》の川西《かわにし》か——」

「川西先輩《かわにしせんぱい》？　あ。映画研究部《えいがけんきゅうぶ》の部長《ぶちょう》さん？」

そっか。川西部長《かわにしぶちょう》に続編《ぞくへん》を予想《よそう》してもらうってことか！

「川西《かわにし》のオヤジは有名《ゆうめい》な映画《えいが》プロデューサーで、『スノー・プリンセス』に関《かか》わってんだよ」

ええええええええええええっ!?

おとうさま、そんなに有名《ゆうめい》なかただったんですか!?

「そんなわけで貴様《きさま》たちの負《ま》けは決《き》まった。棄権《きけん》するなら今《いま》のうちだぞ」

「勝《か》ちが見《み》えない試合《しあい》でも、あたしたちは絶対《ぜったい》にあきらめません！」

どうしよう。タンカをきった自分《じぶん》の声《こえ》が、かすれてしまうのが、コントロールできないよ。

「赤松《あかまつ》。銀野《ぎんの》。われら新聞部《しんぶんぶ》は貴様《きさま》たちだけ来《く》るのを楽《たの》しみにしている。はーっはっは」

灰塚先輩《はいづかせんぱい》が部屋《へや》から去《さ》ると、水風船《みずふうせん》が割《わ》れるかのように、エンマがお腹《なか》をかかえて笑《わら》いだす。

「ぷっ、あはははは っ」

「エンマどうしちゃったの？　笑《わら》いごとじゃないよ！」

エンマはひとしきり笑《わら》ったあと、

「……アホくさ。笑《わら》いごとだっつーの」

とあたしたちを見《み》て、不敵《ふてき》に笑《わら》う。

「オレは学園一《がくえんいち》の情報屋《じょうほうや》・赤松円馬様《あかまつえんまさま》だぜ。そんな情報《じょうほう》こっちもとっくににぎってるっつーの」

えええええええっ!?　ちょっとエンマ、どういうこと!?

「まぁ。みてろって。オレ急《いそ》いでるんだわ。明日《あした》の部活《ぶかつ》で説明《せつめい》してやる」

エンマはそれだけ言《い》うと、部室《ぶしつ》から去《さ》ってしまった。

7 仲直《なかなお》り合戦《がっせん》！

「ただいまぁ」

「おかえりー。ゆのちゃん、どうしたの？　顔色悪《かおいろわる》いけど。まさか恋《こい》わずらい!?」

ハルちゃんは、つややかな髪《かみ》をひとくくりに束《たば》ね、手際良《てぎわよ》く料理《りょうり》している。

きっとママが「お腹《なか》がすいたから描《か》けない」とかイチャモンつけたんだろうなぁ。

「今夜《こんや》はね、ちょっといいお肉《にく》が安売《やすう》りしてたのよーっ。だからすきやきにしようと思《おも》って。ゆのちゃん、となりに行《い》って王子《おうじ》くんを呼《よ》んできてくれる？」

あたしたちは同《おな》じマンションに住《す》んでいて、王子《おうじ》はおとなりさん。

呼《よ》びに行《い》くのなんてすぐなんだけど、なんだか気持《きも》ちが重《おも》い。

「王子《おうじ》……来《き》てくれるかなぁ」

「あらやだっ！　王子《おうじ》くんとケンカしたの？」

「……ケンカってほどじゃないけど」

「きゃーん！　甘《あま》ずっぱぁい☆」とはしゃぐハルちゃんの顔《かお》が、心《こころ》なしか赤《あか》いんだけど？

クネクネしながら「やーん。青春《せいしゅん》ね☆」とひとりの世界《せかい》に入《はい》ったあと。

手《て》にした包丁《ほうちょう》をまな板《いた》に置《お》き、トトトとあたしにむかってやってくる。

「まぁ小学生《しょうがくせい》のころとはちがうし、ましてや女《おんな》の子《こ》と男《おとこ》の子《こ》だもの。色々《いろいろ》あるわよね」

や……ハルちゃんが思《おも》ってるのとは、ちがうと思《おも》うんですが、色々《いろいろ》はありました。

「年長者《ねんちょうしゃ》からの忠告《ちゅうこく》！　ケンカは時間《じかん》がたつほどこじれるものよ。早《はや》く仲直《なかなお》りしちゃいなさい」

「……なんて言《い》えばいいのかな」

王子《おうじ》とこじれて気《き》まずくなるなんて、嫌《いや》だ。

「アンタが思《おも》ってることを、素直《すなお》に伝《つた》えればいいんじゃない？」

「ママ！」

「気《き》まずくなって先《さき》に声《こえ》かけるのが怖《こわ》いんでしょう」

あたしは唇《くちびる》をかみ締《し》めて、コクンとうなずく。

「王子《おうじ》くんはエスパーじゃないんだよ。アンタの気持《きも》ち、伝《つた》えなきゃわからないんじゃない？」

そっか。ママの言葉《ことば》が、胸《むね》にストンと落《お》ちる。

まずはあたしがどう思《おも》ってるか、気持《きも》ちを伝《つた》えなきゃ。

そうじゃないと、ケンカすらできないんだよね！

「ママ、ハルちゃん、ありがとう！　王子《おうじ》をよびに行《い》ってくる！」

大《おお》きくうなずくハルちゃんとママに背中《せなか》をむけ、あたしは、おとなりへとむかうのだった。

ピンポーン。

『はい、どちらさまですか』

「王子《おうじ》。あたしだけど」

『――なにか用《よう》？』

インターフォンごしに聞《き》く王子《おうじ》の声《こえ》は、まるで知《し》らない人《ひと》みたい。

「今晩《こんばん》、すきやきだよ。早《はや》く来《こ》ないと、なくなっちゃうからね」

『今日《きょう》は遠慮《えんりょ》しますって伝《つた》えて』

ブチっ。

――シーン。

無愛想《ぶあいそう》にインターフォンが切《き》れる音《おと》に、あたしは呆然《ぼうぜん》とする。

な、なに？　どーゆーことっ!?

ムカムカムカーッ。

もーっ。あったまきた！

こうなったら、またアレをやるっきゃない！

あたしはじぶんの家《いえ》に帰《かえ》ると、ベランダへと走《はし》るのだった。

ドンドンドン。

リビングのソファで本《ほん》を読《よ》んでいた王子《おうじ》が、窓《まど》からの不穏《ふおん》な音《おと》に顔《かお》をしかめ、こちらを見《み》る。

「**ぬわあああああああっ！**」

王子《おうじ》は目玉《めだま》がとびでるくらい、ギョッとした顔《かお》で悲鳴《ひめい》をあげる。

本《ほん》をソファに荒々《あらあら》しく置《お》くと、ベランダの窓《まど》を力《ちから》いっぱい開《あ》けて一喝《いっかつ》した。

「おまえはヤモリか！　なんでうちの窓《まど》に貼《は》りついてるんだ！」

「へへへーん。こちとらおとなりさんだよ。本気《ほんき》で侵入《しんにゅう》しようと思《おも》えば、方法《ほうほう》はあるのぢゃ」

「いばるな。この爬虫類《はちゅうるい》！　ついに人間《にんげん》やめたのか!?」

「やめてないです！　哺乳類《ほにゅうるい》ですううう」

「ベランダを伝《つた》ってきたのか!? 運動神経《うんどうしんけい》0《ゼロ》のくせに！ 足《あし》をすべらせたらどうするんだ！」

「ぎゃー！ 痛《いた》いっ。無事《ぶじ》なんだからいいじゃん！」

「無事《ぶじ》かどうかの問題《もんだい》じゃない！ それに勝手《かって》に入《はい》ってきて、立派《りっぱ》な家宅侵入《かたくしんにゅう》！ ……頭《あたま》にきた。警察《けいさつ》に通報《つうほう》してやる！ 警察《けいさつ》に！」

「だ、だって王子《おうじ》がイジワルするからじゃん！」

「丁重《ていちょう》に断《ことわ》っただけだろ。このヘンタイ！」

「だって！ 基本的《きほんてき》に夕飯《ゆうはん》はうちでいっしょに食《た》べるって、むかしからの約束《やくそく》じゃん！」

「あ。それも、もうやめるから」

「なんで急《きゅう》にそんなこと言《い》いだすの？ お母《かあ》さんは、認《みと》めませんからっ」

「だれがお母《かあ》さんだ!!（怒《いかり》）」と王子《おうじ》は言《い》うと、冷《つめ》たく顔《かお》をゆがめる。

「——そもそも他人《たにん》のおまえに、そんなこと言《い》われる筋合《すじあ》いないんだけど？」

あたしは、王子《おうじ》からむけられた冷《つめ》たい視線《しせん》をはねかえす。

こうしてベランダを伝《つた》って、王子《おうじ》の家《いえ》にきたのは二度目《どめ》。

あのときは小学校《しょうがっこう》2年生《ねんせい》だった。

そのときも、ケンカしてたんだっけ。

王子《おうじ》はもうおぼえていないかも知《し》れないけど。そのあと、あたしは王子《おうじ》とある約束《やくそく》をしたんだ。

「ざんねんでした。王子《おうじ》は他人《たにん》じゃなくて、家族《かぞく》です。家族《かぞく》はいっしょにご飯《はん》を食《た》べるの！」

「――あのな。そんな都合良《つごうよ》くできるわけないだろ」

「なにがよ？」

「俺《おれ》は、おまえの敵《てき》なんだぞ」

あたしが傷《きず》つかないように。そっと息《いき》を吐《は》くようにつむぐ王子《おうじ》の言葉《ことば》は、甘《あま》く切《せつ》ない。

「あはは。新聞部《しんぶんぶ》にいたって、王子《おうじ》は王子《おうじ》だよ。24時間敵《じかんてき》ってわけないじゃーん」

あえて陽気《ようき》な声《こえ》でそういうと、王子《おうじ》はあたしに近《ちか》づき壁《かべ》においつめる。

「ぎゃっ、なに⁉」

王子《おうじ》の顔《かお》がどんどんあたしに近《ちか》づいてきて、あたしは思《おも》わず目《め》を閉《と》じる。

「おまえさ。すべてに対《たい》して無防備《むぼうび》すぎ」

王子《おうじ》は耳元《みみもと》で囁《ささや》くように、言葉《ことば》をつづけた。

「……だから忠告《ちゅうこく》。俺《おれ》は敵《てき》だ。ゆのの大事《だいじ》な『パーティー』を、俺《おれ》がつぶすんだ」

はっと目《め》をあけると、王子《おうじ》の手《て》が微《かす》かにふるえている。

王子《おうじ》の苦《くる》しげな表情《ひょうじょう》に、あたしは色々《いろいろ》なことをさとった。

新聞部《しんぶんぶ》を選《えら》んだから、王子《おうじ》は罪悪感《ざいあくかん》を感《かん》じてるんだ。

あたしは王子《おうじ》の襟首《えりくび》をつかむと、ぐいっと引《ひ》き寄《よ》せ強気《つよき》に微笑《ほほえ》んでやった。

「みくびらないでよ。新聞部《しんぶんぶ》がスゴイことはわかってる。でもここで勝《か》てないようじゃ、パパたちが作《つく》った『パーティー』みたいに、みんなに喜《よろこ》んでもらえる雑誌《ざっし》なんて作《つく》れない」

王子《おうじ》がじっとあたしの言葉《ことば》に耳《みみ》を傾《かたむ》ける。

「あたしの夢《ゆめ》は、新《あたら》しい『パーティー』が、本物《ほんもの》の『パーティー』みたいにたくさんの人《ひと》に愛《あい》される雑誌《ざっし》になること」

だから、とまっすぐ王子《おうじ》を見《み》つめる。

「新聞部《しんぶんぶ》との対決《たいけつ》は通過点《つうかてん》にすぎない。王子《おうじ》に罪悪感《ざいあくかん》を感《かん》じてほしくないよ」

それに……とあたしは不敵《ふてき》に笑《わら》い、言葉《ことば》をつづける。

「いつもアホとか言《い》われてるけど、王子《おうじ》の気持《きも》ちなんて、なんでもお見《み》とおし！　王子《おうじ》が、本当《ほんとう》は子《こ》どものころから好《す》きだったってことも知《し》ってるし。だから、こうやってむかえに来《き》たんだよ」

「！」

心底《しんそこ》おどろいたような顔《かお》で王子《おうじ》は、あたしの瞳《ひとみ》をのぞきこむ。

「――**いつから**」

聞《き》いたことのない地《ち》を這《は》うような低《ひく》い声《こえ》に、今度《こんど》はあたしがギョッとする。

「や、やだ。王子《おうじ》っ。近《ちか》い。顔《かお》が近《ちか》いっ！」

「**こうしなきゃ、逃《に》げるだろ、正直《しょうじき》に答《こた》えろ。——いつから知《し》ってた**」

ふぎゃああああああああああああ。吐息《といき》がかかるんですけどっ。

「……たぶん。最初《さいしょ》から」

あたしの告白《こくはく》に「おまえ……」とあえぐと、王子《おうじ》は見《み》たこともない表情《ひょうじょう》であたしを見《み》る。

「……俺《おれ》の気持《きも》ち知《し》っててあんな発言《はつげん》してたのか？　人《ひと》のこと、さんざんイジワルだ鬼《おに》だなんだって言《い》ってたくせに。——おまえのほうがよっぽど鬼《おに》だろ」

「ええっと。だってこーゆーのは気《き》づいてないフリしてるほうがいいのかな～♪　と思《おも》って」

アハハと笑《わら》ってみるが、王子《おうじ》の目《め》はマジなままだ。

「なんでもお見《み》とおしって言《い》うなら——俺《おれ》がこのままどうしたいか——わかってる？」

言葉《ことば》をつむぐ王子《おうじ》の吐息《といき》が、耳元《みみもと》をくすぐる。

ひっ。いま追《お》いつめられてる小動物《しょうどうぶつ》の気持《きも》ちが、ヒジョーにわかる気《き》がするんですがっ。

王子《おうじ》の言葉《ことば》や表情《ひょうじょう》に、さすがのあたしもパニックになる。

どどど、どうしよう！　見《み》たことないくらい、めっちゃ怒《おこ》ってるんですがっ！

……ってことは、

「**したいこと　＝　どつきまわされるコース!?　ノオオオオオー——!!!　ご勘弁《かんべん》を！**」

あたしは、土下座《どげざ》せんばかりのいきおいで、王子《おうじ》に手《て》を合《あ》わせる。

「はじめて王子《おうじ》と一緒《いっしょ》にすきやきを食《た》べたときに『王子《おうじ》って、すごーく幸《しあわ》せそうな顔《かお》するな』って思《おも》ったの！　でもそれを言《い》ったら絶対《ぜったい》に、気《き》にするじゃん！　だから言《い》わなかったんだけどさ！　それって、どつきまわされなきゃいけないくらい悪《わる》いこと!?（涙《なみだ》）」

「……なんの話《はなし》だ」

「は？」

「お・ま・え・は、なんの話《はなし》をしてるんだーっ！」

ゴゴゴ……ドーン！　王子《おうじ》があっというまに噴火《ふんか》する。

「え？　だからさっきから言《い》ってるでしょ！　すきやきの話《はなし》だってば！」

「〜〜本《ほん》っ当《とう》におまえってヤツは。……鈍感《どんかん》を通《とお》り越《こ》して、やっぱりヘンタイ」

王子《おうじ》がふわっとあたしの身体《からだ》を一瞬《いっしゅん》だけ強《つよ》く抱《だ》きしめる。

「ぎゃっ。なに!?」

「……おまえにあきれすぎて、手《て》がすべった」

なんつーすべりかただよ！　一瞬《いっしゅん》、抱《だ》きしめられたみたいになったじゃん！

反論《はんろん》しようとすると、あたしの耳元《みみもと》でかすれた声《こえ》でささやく。

「――サンキュー」

「は？　王子《おうじ》がいくらすきやきが好《す》きでも、お肉《にく》はゆずらないから！」

鉄板《てっぱん》に火《ひ》がついたら、わが家《や》は肉《にく》を求《もと》める獣《けもの》たちの戦場《せんじょう》だよ！

「……ばか」

クックツと笑《わら》う王子《おうじ》は、いつもの王子《おうじ》にもどっていた。

あたしのイジワルな幼《おさな》なじみに。

「新聞部《しんぶんぶ》と編集部《へんしゅうぶ》は敵同士《てきどうし》。……でも俺《おれ》たちの関係《かんけい》は変《か》わらない。それでいいんだな」

「もちろん。これからもよろしくね、王子《おうじ》」

晴《は》れ晴《ば》れと笑《わら》う王子《おうじ》の笑顔《えがお》をみて、あたしの胸《むね》に温《あたた》かいものがあふれる。

友《とも》だちと仲直《なかなお》りしたいときに、先《さき》に声《こえ》をかけるのって勇気《ゆうき》がいるよね。

拒絶《きょぜつ》されるかも知《し》れないし、ひどい言葉《ことば》を言《い》われるかも知《し》れない。

怖《こわ》かったけど、一歩《いっぽ》踏《ふ》みだしてよかった。

おかげで王子《おうじ》と仲直《なかなお》りできたんだもの。

どっちが先《さき》にあやまったかは、友《とも》だちを失《うしな》うかどうかにくらべたら、ささいなことだ。

大人《おとな》になったとしても、あたしはずっと、そんな勇気《ゆうき》を持《も》てる女《おんな》の子《こ》でいたい。

8 目玉《めだま》企画《きかく》を考《かんが》えろ！

「――それでは、編集会議《へんしゅうかいぎ》をはじめます。エンマ、例《れい》の件《けん》は……」

「あとで説明《せつめい》すっから。先《さき》に進《すす》めろよ。けけけ」

もーっ。もったいぶって！　エンマなに企《たくら》んでるの！

とにかく気《き》を取《と》り直《なお》し、あたしはふたりにむかって話《はな》しはじめる。

「今回《こんかい》は王子《おうじ》がいないし、トウマ先輩《せんぱい》の原稿《げんこう》は絶対《ぜったい》にあきらめないけど、ヤバイと思《おも》う。だからこそ、３人《にん》で団結《だんけつ》してふんばろう！」

ぐっと拳《こぶし》をにぎり、ふたりを見《み》つめる。

「とにかく目玉企画《めだまきかく》を考《かんが》えなきゃだよね！」

「さくばん寝《ね》ずに考《かんが》えてきました。初心者《しょしんしゃ》むけの**降霊術**《こうれいじゅつ》はいかがでしょう？」

「こ、降霊術《こうれいじゅつ》!?」

「はい。コックリさん、エンジェル様《さま》。土地《とち》によって色々《いろいろ》呼《よ》ばれかたがかわるみたいです」

ぎえええええっ。本格的《ほんかくてき》ですね!!

コックリさんって言《い》ったら、むかしママが描《か》いてたマンガで、安易《あんい》な気持《きも》ちでやった女《おんな》の子《こ》に狐《きつね》の霊《れい》が取《と》り憑《つ》いて、学校中《がっこうじゅう》が呪《のろ》われるっていうすごいオソロシーマンガがあったような……。

「し、しおりちゃん。コックリさんって安全《あんぜん》?」

「かなりの確率《かくりつ》で霊《れい》があらわれるので、負《ま》けるとすぐに取《と》り憑《つ》かれますね」

まばたきせず、表情《ひょうじょう》を変《か》えずにしおりちゃんはそう言《い》うと、ニタリと笑《わら》った。

「ふふふ。だから3号目《ごうめ》で学校《がっこう》で実際《じっさい》におこったコックリさんのホラー現象《げんしょう》を特集《とくしゅう》し、除霊《じょれい》のおふだを封入《ふうにゅう》すれば、雑誌《ざっし》の需要《じゅよう》があると思《おも》いませんか?」

「ひーー。しおりちゃん、ナイスアイディアではあるんだけど! 読者《どくしゃ》さんが危険《きけん》になっちゃうのはダメ! ダメ、絶対《ぜったい》!」

あたしの言葉《ことば》を聞《き》くと、しおりちゃんは小首《こくび》をかしげてしばらくかたまる。

「し、しおりちゃん?」

「そうですね。読者《どくしゃ》の安全《あんぜん》を守《まも》る、という部分《ぶぶん》は失念《しつねん》してました」と口《くち》おしそうにつぶやく。

「はー。これだからシロウトは。仕方《しかた》ねぇな。救世主様《きゅうせいしゅさま》の登場《とうじょう》だ」

エンマ! このタイミングを待《ま》ってたのか!

ありがたく思《おも》うんだなと言《い》いつつ、エンマはスマホをじっとみつめる。

「昨日《きのう》のことといい、いったいなに企《たくら》んでるの？」

エンマは「単純《たんじゅん》だ」と不敵《ふてき》に笑《わら》った。

「勝《か》つためには、教師《きょうし》が全員学校《ぜんいんがっこう》に来《こ》られなくなるような、超暴露《ちょうばくろ》ネタメドレーとかな」

「ひえーっ。知《し》りたいけど、先生《せんせい》が学校《がっこう》に来《こ》られなくなるネタってヤバくない？」

「でも、そんくらいインパクトがねーと負《ま》けるだろ」

ううっ。

いいよどむあたしを無視《むし》し、エンマはスマホをみつめたままスラスラ読《よ》みあげる。

「歴代《れきだい》ズラ教師《きょうし》。ハゲかたのタイプ分《わ》け。あとは3年以内《ねんいない》にハゲそうな教師《きょうし》ランキング」

ショッキングではあるし、生徒《せいと》としてはメッチャ気《き》にはなるけどっ。

「で、とっておきの目玉《めだま》がコレだ」

じゃーんとエンマは水戸黄門《みとこうもん》のように、スマホを前《まえ》につきだす。

「**『スノー・プリンセス2《ツー》の全内容紹介《ぜんないようしょうかい》』**！　これでどうだ！」

「えええ？　これ新聞部《しんぶんぶ》の目玉企画《めだまきかく》と同《おな》じ？　どういうこと!?」

「ばーか。オレをだれだと思《おも》ってるんだよ。学園一《がくえんいち》の情報通《じょうほうつう》・赤松円馬様《あかまつえんまさま》だぜ？　新聞部《しんぶんぶ》が押《お》さえてる情報《じょうほう》くらい、こっちも全部《ぜんぶ》お見《み》とおしだっつーの」

ひゃーっ、学園一《がくえんいち》を豪語《ごうご》するだけある！　エンマの情報収集能力《じょうほうしゅうしゅうのうりょく》は本当《ほんとう》にすごい。

「川西《かわにし》のヤベー秘密《ひみつ》をちらつかせて、さらに細《こま》かいところまで聞《き》いてきたんだ。けけけ」

「……え？　それって本人《ほんにん》がいいたくないってこと？　うちで発表《はっぴょう》していいの？」

「ま、川西《かわにし》も川西《かわにし》の親《おや》もそうとうヤバイだろうな」

ぎゃあああっ。そんなぶっそうなことサラッと言《い》わないで！

エンマは動揺《どうよう》するあたしを見《み》て声《こえ》をとがらせる。

「チッ。新聞部《しんぶんぶ》だって川西《かわにし》が止《と》めるのも聞《き》かず、強行掲載《きょうこうけいさい》するんだぞ」

新聞部《しんぶんぶ》も強行突破《きょうこうとっぱ》で記事《きじ》を載《の》せるつもりなのか……。

先生《せんせい》が学校《がっこう》に来《こ》られなくなるような暴露《ばくろ》ばなしや、全世界《ぜんせかい》が待《ま》ちわびている映画《えいが》の最新情報《さいしんじょうほう》。

それを載《の》せれば、生徒《せいと》たちはおもしろがって、票《ひょう》を入《い》れてくれるだろう。

新聞部《しんぶんぶ》との勝負《しょうぶ》にも勝《か》てるかも知《し》れない。

でも。でもさ。

学校《がっこう》に来《こ》られなくなるくらいの秘密《ひみつ》を生徒《せいと》たちに知《し》られたら……。

先生《せんせい》をものすごく傷《きず》つけるんじゃない？

それに映画《えいが》の情報《じょうほう》を無理《むり》やり載《の》せたら……。

川西部長《かわにしぶちょう》や、川西部長《かわにしぶちょう》のお父《とう》さん、その映画《えいが》にかかわる人《ひと》たちがすごくこまっちゃう。

そんな情報《じょうほう》を、勝負《しょうぶ》に勝《か》つためだけにうちの雑誌《ざっし》に載《の》せていいのかな？


「……エンマ。すごいネタをありがとう。……でもそれはどれも使《つか》えない」

「は？　なに言《い》ってんだ？」

「それが学園《がくえん》のみんなにバレちゃうと、こまったり傷《きず》ついたりする人《ひと》がいるんでしょ？」

「そんなの他人《たにん》のことだろ、オレはしらねえよ」

そっぽをむくエンマの前《まえ》にあたしは移動《いどう》し、まっすぐエンマの目《め》を見据《みす》える。

「本当《ほんとう》の雑誌《ざっし》『パーティー』は、みんなが夢中《むちゅう》になれて、読《よ》み終《お》わった後《あと》に幸《しあわ》せな気持《きも》ちになる、すごい雑誌《ざっし》だった。あたしはそんな雑誌《ざっし》が作《つく》りたい。雑誌《ざっし》でだれかが不幸《ふこう》になるのはダメだよ」

「――いちごパンツは夢《ゆめ》ばっかでっかいけどさ。ここで負《ま》けたら終《お》わりなんだぞ」

真《ま》っ向《こう》から批判《ひはん》し、エンマは強《つよ》い目《め》であたしをにらみつける。

「黒崎《くろさき》もいない。青木《あおき》トウマの原稿《げんこう》もない。シロウト3人《にん》で大《だい》ピンチだ。ネタを選《えら》んでる場合《ばあい》じゃねーだろ。大人《おとな》になれ」

ただでさえ相手《あいて》はエリート新聞部《しんぶんぶ》。

学園中《がくえんじゅう》だれも相手《あいて》にしてくれないし、目玉企画《めだまきかく》もないのが現状《げんじょう》だ。

他人《たにん》のことなんて、かまってる場合《ばあい》じゃないのは、わかってる。

でも大人《おとな》になるってそういうことなの？

自分《じぶん》の夢《ゆめ》を守《まも》るために、他人《たにん》をふみつけていいはずがない。

「――人《ひと》を傷《きず》つける雑誌《ざっし》を作《つく》るくらいなら、あたしは大人《おとな》になりたくない」

「じゃあ教《おし》えてくれよ。どうやって勝《か》つんだよ？　どんな企画《きかく》があるんだよ、編集長《へんしゅうちょう》さんよ」

「……それはまだわからないけど……でも必《かなら》ず見《み》つける。もっと考《かんが》えるから！」

「勝負《しょうぶ》はいつだっけ？　あと1週間《しゅうかん》もないんだろ。いつわかるんだよ！」

「……」

かえす言葉《ことば》がなく、あたしは唇《くちびる》をかみしめて、下《した》をむく。

エンマの言《い》う通《とお》りだ。なんの手《て》がかりもない状態《じょうたい》なんだもん。

ピンチに飲《の》みこまれて、チャンスを作《つく》れてない。

でも、人《ひと》を傷《きず》つける雑誌《ざっし》を作《つく》るのを、編集長《へんしゅうちょう》のあたしが認《みと》めるわけにはいかない。絶対《ぜったい》に！

沈黙《ちんもく》に耐《た》えかねてエンマは「チッ」と舌打《したう》ちする。

「新聞部《しんぶんぶ》の正義《せいぎ》は、情報《じょうほう》を素早《すばや》く伝《つた》えること。情報《じょうほう》の善悪《ぜんあく》も関係《かんけい》ない。だからブレない」

「――！」

刃物《はもの》のようなエンマの言葉《ことば》に、あたしは顔《かお》をあげる。

「わっかんねーのかよ。スクープって言《い》ったって、それに気《き》づくのは、みんなほぼ同時《どうじ》だ。あとはどっちが先《さき》に動《うご》くかだ。そういうもんだろ!?」

エンマの言葉《ことば》に、野球部《やきゅうぶ》のバックヤードで会《あ》った紫村《しむら》さんの勝《か》ち誇《ほこ》った顔《かお》が浮《う》かぶ。

「いちごパンツはいろんなやつの立場《たちば》や気持《きも》ちを考《かんが》えて動《うご》くだろ。一歩《ぽ》どころか十歩《ぽ》以上《いじょう》おくれをとる。断言《だんげん》する。それを捨《す》てなきゃ絶対《ぜったい》に新聞部《しんぶんぶ》には勝《か》てねー」

正攻法《せいこうほう》でぶつかったって勝《か》てないかも知《し》れない。

でも、だからってそこはブレちゃいけない気《き》がする。

バチバチバチ。

あたしたちはしばらくにらみあう。

そんな中《なか》、先《さき》に切《き》りだしたのはエンマだった。

「――もーやめだ。勝手《かって》にしろ」

エンマはそういいのこすと、部室《ぶしつ》をでていった。

どうしよう！

みんなで力《ちから》を合《あ》わせなきゃいけないのに、エンマとまで、ケンカしちゃった！

あたしはエンマがでていった扉《とびら》を呆然《ぼうぜん》と見《み》つめることしかできなかった。

「……ふたりだけになってしまいましたね」

「しおりちゃんも、なにか思《おも》ってることがあったら言《い》って？」

あたしはふるえる声《こえ》をおしころし、しおりちゃんを見《み》つめる。

「しおりちゃんの気持《きも》ちもちゃんと聞《き》きたいから」

キュッ。

ひんやりとした、しおりちゃんの手《て》の感触《かんしょく》。

しおりちゃんは少《すこ》しだけ微笑《ほほえ》んだ。

「大丈夫《だいじょうぶ》。私《わたし》はずっとゆのさんのそばにいます」

「――しおりちゃん」

しおりちゃんのキッパリとした口調《くちょう》に、あたしは涙《なみだ》ぐみそうになる。

「私《わたし》の使《つか》い魔《ま》はゆのさんだけ。ゆのさんが学園《がくえん》に来《き》てから、学校《がっこう》を休《やす》まなくなりました」

そう告《つ》げるしおりちゃんは、やさしく目《め》を細《ほそ》める。

「きっとゆのさんの強《つよ》いオーラが、私《わたし》を守《まも》ってくれてるんだと思《おも》います」

「しおりちゃん、それはちがう。あたしは関係《かんけい》ない。しおりちゃん自身《じしん》の力《ちから》だよ」

その言葉《ことば》にしおりちゃんは「いいえ、私《わたし》だけでは無理《むり》です」と首《くび》をふる。

「――人《ひと》はそんなに簡単《かんたん》には変《か》われません」

「変《か》わる必要《ひつよう》ってあるのかな?」

あたしの言葉《ことば》にビックリしたように、しおりちゃんはこっちを見《み》つめた。

「しおりちゃんは、今《いま》のしおりちゃんのままでいいの」

ちょっとあやしい、ホラー少女《しょうじょ》のしおりちゃんのままがいい。

「あたしは今《いま》のしおりちゃんが大好《だいす》きだよ」

「やっぱり」としおりちゃんがつぶやく。

「もし私《わたし》が強《つよ》くなったのならば、それはゆのさんがそばにいてくれたから」

ええ？　どういう意味《いみ》？

「使《つか》い魔《ま》は魔女《まじょ》を強《つよ》くする力《ちから》も持《も》っていますもの」

「しおりちゃん……」

だから――。

「その力《ちから》を使《つか》って、ゆのさんの役《やく》に立《た》ちたいんです。ゆのさんも、ゆのさんのままでいてください」

「ありがとう。でも言《い》いたいことがあったら、なんでも言《い》って！　それが**友《とも》だち**だから」

「友《とも》だち？　**人間界《にんげんかい》**でよく聞《き》く言葉《ことば》ですね」

人間界《にんげんかい》って！

しおりちゃんも人間界《にんげんかい》の人《ひと》でしょうが！

「そ。人間界《にんげんかい》ではしおりちゃんのいう使《つか》い魔《ま》が、友《とも》だちなんだよ！」

しおりちゃんは「**友《とも》だち……**」と嬉《うれ》しそうにキラキラした単語《たんご》を口《くち》にした。

「エンマくんがもどってくるまでに、ふたりでとっておきの企画《きかく》を考《かんが》えないといけませんね」

「……エンマすごく怒《おこ》ってた。帰《かえ》ってきてくれるかな」

「大丈夫《だいじょうぶ》。エンマくんは帰《かえ》ってきます」

そう言《い》って、しおりちゃんは優《やさ》しく微笑《ほほえ》みかけてくる。

あたしは子《こ》どものように「うん」とうなずくと、ぐいっと涙《なみだ》をぬぐう。

「そうだね。エンマが帰《かえ》ってきたら、ぎょうてんするような企画《きかく》！」

そうだ。絶対《ぜったい》に腰《こし》をぬかすほどビックリさせてやるんだから！

「ゆのさん。もっと新《あたら》しい企画《きかく》を考《かんが》えるためには、どうしたら良《よ》いのでしょうか」

えーん。そんなの、あたしだって知《し》りたいよー。(涙《なみだ》)

「私《わたし》はホラーや占《うらな》いなどは得意《とくい》ですが、それ以外《いがい》はまったくに興味《きょうみ》がありませんし」

あたしも、しおりちゃんが楽《たの》しくなるような企画《きかく》はなにかって考《かんが》える。

「うーん。もしあたしがしおりちゃんだったら、ユウレイや呪《のろ》いとか以外《いがい》の『こわい』ネタって なにかな？　って考《かんが》えてみる」

しおりちゃんは真剣《しんけん》な顔《かお》であたしをみる。

「ユウレイと呪《のろ》い以外《いがい》のこわいもの……」

「あたしの場合《ばあい》、ユウレイ以外《いがい》にこわいのは、数学《すうがく》でしょ。試験《しけん》でしょ。あとしいたけ！」

あたしの答《こた》えにしおりちゃんは「なるほど」とうなずく。

「しおりちゃんって、こわいなって思《おも》ったことある？」

あたしの言葉《ことば》にしおりちゃんは小首《こくび》をかしげる。

「こわい……と感《かん》じたことが少《すく》なくて……あまり思《おも》いだせませんね」

「じゃあ、それを思《おも》いだしてみれば？　そこに新《あたら》しい企画《きかく》のヒントがあるかもしれないよ」

同《おな》じ『こわい』でも、視点《してん》や気持《きも》ちを変《か》えてみれば、見《み》えかたがかわってくるかも知《し》れないし。

「ありがとうございます。考《かんが》えてみます」

「そんなことといってる側《そば》からこんなこと言《い》うのはアレなんだけど……。しおり様《さま》にお願《ねが》いがあると申《もう》しましょうか……」

あたしの言《い》いたいことに気《き》づき、しおりちゃんはニタリと強気《つよき》に笑《わら》う。

「ふふふ。わかってます。タロットカードの出番《でばん》ですね」

「神様《かみさま》、しおり様《さま》！　よろしくお願《ねが》いします！」

しおりちゃんの占《うらな》いはすごいんだよ！

前回《ぜんかい》もあたしがトウマ先輩《せんぱい》を見《み》いだしたのは、しおりちゃんのタロットの力《ちから》なんだから！

しおりちゃんはカードを手早《てばや》くきると、流《なが》れるような動《うご》きでテーブルの上《うえ》に並《なら》べた。

「……見《み》えました。**青《あお》い**。**今回《こんかい》も青《あお》**」

「……それ以外《いがい》は？」

「同《おな》じです。あのときとまったく同《おな》じ青《あお》が見《み》えます」

「うーん。それってやっぱり切《き》り札《ふだ》はトウマ先輩《せんぱい》ってこと？」

しおりちゃんは嬉《うれ》しそうに、うなずいたのだった。

それなら逆《ぎゃく》に話《はなし》は早《はや》い。

「トウマ先輩《せんぱい》のとこ行《い》ってくる！　原稿《げんこう》お願《ねが》いできるよう、何度《なんど》でもたのんでくる！」

そういうと、あたしはトウマ先輩《せんぱい》の家《いえ》へとかけだした。

「ピンチはチャンス。ピンチはチャンス」と呪文《じゅもん》のように、何度《なんど》もその言葉《ことば》を唱《とな》えながら。

9 男子《だんし》たちのヒミツ

「――いちごパンツのやつ、ムカつくぜ」

エンマは、スマホ画面《がめん》を食《く》い入《い》るようにみつめる。

「赤松《あかまつ》くん。あなたが、そんな怖《こわ》い顔《かお》をしちゃいけませんよ。生徒《せいと》や先生《せんせい》が怖《こわ》がります。私《わたし》が焼《や》いたクッキーはいかがですか？」

「そうだぞ。貴様《きさま》がそのスマホを手《て》にしてるだけで、どれだけの善良《ぜんりょう》な生徒《せいと》たちが生《う》まれたての子鹿《こじか》のように、足《あし》をガクガクふるわせてると思《おも》ってるんだ！」

エンマはスマホをめんどくさそうにしまい、ギロリと声《こえ》の主《ぬし》をにらみつける。

「西園寺《さいおんじ》、それに灰塚《はいづか》もいたのか」

「あたりまえだ。ボクは新聞部《しんぶんぶ》でも最高《さいこう》クラスの生徒会担当《せいとかいたんとう》だからな。いつでもこうやって生徒《せいと》会長《かいちょう》のお側《そば》にはべらせてもらっているのさ！」

「ふふふ。灰塚《はいづか》くんは本当《ほんとう》に働《はたら》きバチさんですね」

「はっ。ありがたき幸《しあわ》せ！」

エンマはあきれ顔《がお》で、ふたりのやりとりを見《み》つめるが、ネコのように警戒《けいかい》をゆるめない。

会長《かいちょう》はそんなささくれだった気持《きも》ちがゆるんでしまうような極上《ごくじょう》のスマイルをうかべる。

「いらねぇよ。タダよりこわいものはねーし」

「それでこそ学園一《がくえんいち》の情報通《じょうほうつう》・赤松円馬《あかまつえんま》くんですが」

「言《い》いたいことがあるなら、さっさと用件《ようけん》だけ言《い》ってくんねー？」

「赤松《あかまつ》くんは最近《さいきん》、部室《ぶしつ》へは行《い》ってないようですね」

西園寺会長《さいおんじかいちょう》のおっとりとした声《こえ》に、エンマが殺気立《さっきだ》つ。

メガネをくいっと持《も》ちあげ、「用件《ようけん》はボクが」と灰塚《はいづか》が一歩前《ぽまえ》に踏《ふ》みだした。

「用件《ようけん》は簡単《かんたん》だ。新聞部《しんぶんぶ》のエースとして、特別待遇《とくべつたいぐう》でむかえたい。――今《いま》すぐに」

エンマは興味《きょうみ》なさそうに、ポケットから赤《あか》いスマホを取《と》りだす。

「ケンカでもされたんですか？」

西園寺会長《さいおんじかいちょう》が、心配《しんぱい》そうな声《こえ》をだす。

「相手《あいて》はあの誤植《ごしょく》サルだろう。けっきょく合《あ》わないんだ、貴様《きさま》らは」

ギロリ。

その言葉《ことば》に、エンマはスマホから目《め》をあげ、眼光《がんこう》をさらに強《つよ》めて灰塚《はいづか》をにらみつける
「ボクたちは情報《じょうほう》を追《お》う仲間《なかま》だろう？　だれよりも早《はや》く情報《じょうほう》をつかみ、だれよりも早《はや》く伝《つた》える。それがマスコミの正義《せいぎ》だ」

「オレも……そう思《おも》ってた」

今《いま》までは。

だれも知《し》らない『情報《じょうほう》』というキレイなホタルを虫《むし》カゴに集《あつ》め、ひとりながめるのが好《す》きだった。

ちょっとした気《き》まぐれで入部届《にゅうぶとどけ》をわたして。（すてられそうになって！）

気《き》まぐれに集《あつ》めたホタルを手《て》の中《なか》に入《い》れ、彼女《かのじょ》の前《まえ》でそうっとひらいた。

彼女《かのじょ》はキラキラした目《め》で「すごい！　すごい！」と無邪気《むじゃき》に喜《よろこ》び、「これをみんなに見《み》せたら、すっごくよろこぶね！」と満面《まんめん》の笑《え》みを見《み》せた。……ような気《き》がした。

最初《さいしょ》は、その明《あか》るさに一瞬《いっしゅん》だけとまどった。

でも自分《じぶん》はいろんなことに飽《あ》きていたし、みんなに見《み》せるのも悪《わる》くないかと思《おも》った。

そこから、自分《じぶん》の中《なか》の意識《いしき》と、まわりの目《め》が静《しず》かに、でも大《おお》きく変《か》わったような気《き》がする。

――そう。宝物《たからもの》を人《ひと》に見《み》せる喜《よろこ》びを、彼女《かのじょ》に教《おし》えてもらったのだ。

エンマが口《くち》を開《ひら》こうとすると、

「そうそう。白石《しらいし》さんと赤松《あかまつ》くんは、初対面《しょたいめん》で大《おお》あばれされてましたものね」

「……」

西園寺《さいおんじ》会長《かいちょう》の言葉《ことば》にだまりこむエンマに、灰塚《はいづか》が大《おお》きく同意《どうい》する。

「初対面《しょたいめん》のときといい今回《こんかい》といい、貴様《きさま》と白石《しらいし》は相容《あいい》れない。いや、たぶん白石《しらいし》は貴様《きさま》がキライだな」

「キライなのに顔《かお》を合《あ》わせて部活《ぶかつ》をやるのは、お互《たが》いつらいですよね」

西園寺《さいおんじ》会長《かいちょう》の言葉《ことば》に、灰塚《はいづか》は語気《ごき》を強《つよ》める。

「会長《かいちょう》！　ボクのはらだたしいところはそこなんです！　白石《しらいし》は赤松《あかまつ》を嫌《きら》っているくせに、雑誌《ざっし》のために利用《りよう》してるんだ！」

「利用《りよう》……それはおだやかな話《はなし》ではありませんね」

灰塚《はいづか》は「おだやかな話《はなし》じゃないですよ！」と怒《いか》りくる

う。

「弱小《じゃくしょう》へっぽこ雑誌《ざっし》が、赤松《あかまつ》という宝《たから》を利用《りよう》してる。それはもはや罪《つみ》だ！」

エンマは目《め》を閉《と》じ「――言《い》いたいことはわかった」とつぶやく。

少《すこ》しだけ時間《じかん》が経過《けいか》し、ためらうようにエンマが口《くち》を開《ひら》こうとすると、西園寺《さいおんじ》は「しー」とナイショのポーズをとりウィンクした。

「まぁ、あとは赤松《あかまつ》くんがゆっくり考《かんが》えればいいんです。灰塚《はいづか》くん、新聞部《しんぶんぶ》の都合《つごう》でコレ以上《いじょう》、赤松《あかまつ》くんを混乱《こんらん》させるのは、生徒会長《せいとかいちょう》の私《わたし》がゆるしませんよ」

「はっ、もうしわけありません。会長《かいちょう》」

そう言《い》って、灰塚《はいづか》は会長《かいちょう》に頭《あたま》を下《さ》げる。

「でも最後《さいご》に一言《ひとこと》だけ。赤松《あかまつ》、新聞部《しんぶんぶ》は、貴様《きさま》を待《ま》ってる。いつでもこい」

「赤松《あかまつ》くんに神《かみ》のご加護《かご》がありますように。私《わたし》はあなたの選択《せんたく》を応援《おうえん》しますよ」

ふたりはくるりとエンマに背《せ》をむけ、その場《ば》をあとにした。

ふたりのすがたがすっかり見《み》えなくなったころ、エンマはおもむろに口《くち》を開《ひら》く。

「黒崎《くろさき》。いつからいた？」

「――さすが赤松《あかまつ》。気《き》づいてたか」

エンマの声《こえ》に、王子《おうじ》がゆっくりとすがたをみせる。

「あのふたりの言葉《ことば》は気《き》にするな。あいつに人《ひと》を利用《りよう》しようなんて思《おも》いつくような、複雑《ふくざつ》な脳《のう》みそはないって、幼《おさな》なじみの俺《おれ》が断言《だんげん》してやる」

おだやかに淡々《たんたん》とつげる王子《おうじ》の言葉《ことば》に、エンマは一瞬目《いっしゅんめ》をとじる。

「あいつはバカみたいに単純《たんじゅん》だからな。オマエを仲間《なかま》だと思《おも》ってる。だから手加減《てかげん》しない」

「へー。人《ひと》に無関心《むかんしん》の黒崎《くろさき》がおせっかいを焼《や》くとは。――面白《おもしろ》いもんが見《み》られるぜ」

エンマは両腕《りょううで》を上《うえ》にあげて伸《の》びをすると、ニヤリと笑《わら》う。

「新聞部《しんぶんぶ》は推薦《すいせん》がないと入《はい》れない。新入生《しんにゅうせい》にはゴールデンウィークがあけたころ、部長《ぶちょう》から内々《ないない》に通達《つうたつ》があるって話《はなし》だ。それを今《いま》さらもちかける理由《りゆう》くらい、オレ様《さま》でもわかるさ」

「それだけ文化祭《ぶんかさい》で配《くば》られた『パーティー』が、新聞部《しんぶんぶ》にとって脅威《きょうい》だったんだろう。赤松円馬《あかまつえんま》と銀野《ぎんの》しおり、青木《あおき》トウマは、新聞部《しんぶんぶ》では制御不能《せいぎょふのう》だと思《おも》われてたしな」

「けけけ、オレも銀野《ぎんの》も学園《がくえん》じゃ問題児《もんだいじ》。青木《あおき》トウマは、もはや別次元《べつじげん》の生《い》き物《もの》だしな」

愉快《ゆかい》そうに笑《わら》うエンマに、王子《おうじ》はうなずく。

「青木《あおき》トウマはあきらかに別次元《べつじげん》だな。それを声《こえ》が大《おお》きいことしかとりえのない、欠点《けってん》だらけのあいつが編集長《へんしゅうちょう》になって、なぜかまとめている……新聞部《しんぶんぶ》としては見《み》すごせないだろうな」

「しかも次《つぎ》の部長候補《ぶちょうこうほ》と目《もく》されている黒崎《くろさき》が、新聞部《しんぶんぶ》を裏切《うらぎ》って手伝《てつだ》うしな。けけけ」

「別《べつ》に……裏切《うらぎ》っているつもりはない」

「いちごパンツは気《き》づいてないが、新聞部《しんぶんぶ》は部則《ぶそく》がかなり厳《きび》しい。……ヤバイんだろう」

さぐるようなエンマに、王子《おうじ》は表情《ひょうじょう》をくずさない。

「別《べつ》に。幼《おさな》なじみとして、面倒《めんどう》みてやってただけだ。問題《もんだい》はない」

「——幼《おさな》なじみとして、ねぇ」

けけけとエンマは笑《わら》い、

「おもしろ話《ばなし》ついでにもうひとつ。黒崎《くろさき》、オマエ『パーティー』に**もどらない**じゃなくて、**もどれない**って言《い》ったよな？　あれってどういう意味《いみ》？」

そうだ。エンマはあのとき、「もどらないのか」と聞《き》いたのだ。

「——さぁ。空耳《そらみみ》じゃないか？」

エンマの言葉《ことば》に、王子《おうじ》はうすく微笑《ほほえ》んだ。

10 「ブルー」はやっぱり救世主《きゅうせいしゅ》！

「しおりちゃんの占《うらな》いも言《い》ってたし、やっぱりトウマ先輩《せんぱい》の原稿《げんこう》しかない！」

トウマ先輩《せんぱい》の家《いえ》の前《まえ》に着《つ》くと、ギイイッと重厚《じゅうこう》な音《おと》を立《た》てて扉《とびら》が開《ひら》く。

あたしは執事《しつじ》のセバスチャンさんに確認《かくにん》をとって、屋敷《やしき》の中《なか》へと足《あし》を一歩《いっぽ》踏《ふ》みいれた。

ひろい玄関《げんかん》ロビーから階段《かいだん》をあがり、ステンドグラスの窓《まど》が自慢《じまん》の部屋《へや》へとむかう。

「ハロハロ、子《こ》ネコちゃん。いらっしゃーい☆」

つめのお手入《てい》れ中《ちゅう》のトウマ先輩《せんぱい》が、あたしを見《み》つけ、手《て》をふった。

「トウマ先輩《せんぱい》！　もしかして歓迎《かんげい》してくれてるんですか？」

「まぁねー。めっちゃヒマだったし」

よし！　今日《きょう》きてよかった！　トウマ先輩《せんぱい》の機嫌《きげん》がいい！

やっぱりお願《ねが》いするタイミングは、機嫌《きげん》がいいときのほうがいいもん！

「トウマ先輩《せんぱい》。これ、この前《まえ》先輩《せんぱい》が食《た》べたいって言《い》っていた激辛《げきから》スナックです」

「あ。あの話《はなし》をおぼえてくれていて、しかも持《も》ってきてくれたの？　いい心《こころ》がけだねっ」

トウマ先輩《せんぱい》にお菓子《かし》を手《て》わたしながら、あたしはキョロキョロとテーブルのあたりをみる。

「あれ。先輩《せんぱい》、原稿《げんこう》はまた屋上《おくじょう》で描《か》いてるんですか？」

「まさか。ながーい休《きゅう》けい中《ちゅう》」

「ながい休《きゅう》けい!?　そんなヒマがあったら、その時間《じかん》でうちの原稿描《げんこうか》いてください！」

「――ゆのちゃんってさ、僕《ぼく》が原稿描《げんこうか》かない！　って言《い》ってからも、なんかお土産《みやげ》もって毎日学《まいにちがっ》校《こう》か家《いえ》に顔《かお》をだすよねぇ」

ほおづえをついたまま、トウマ先輩《せんぱい》が感心《かんしん》したような、半分《はんぶん》あきれたような声《こえ》をだす。

「あたりまえです。だってあたしは、先輩《せんぱい》の担当《たんとう》ですもん」

心《こころ》のなかで「**それがどんな人《ひと》でなしの悪魔《あくま》でも！**」とつけ加《くわ》えたのは、ナイショ。

あたしの言葉《ことば》に、トウマ先輩《せんぱい》はうつむき、プルプルと肩《かた》をふるわせる。

「トウマ先輩《せんぱい》？　どうされたんですか？」

「新聞部《しんぶんぶ》が呼《よ》んだ小鳥《ことり》ちゃんたちとウフフアハハの宴会《えんかい》をするのも楽《たの》しいんだけどぉ……」

なに言《い》いだすの、この人《ひと》!?

「このすさまじくせっぱつまって必要《ひつよう》とされてる感《かん》じ？　キライじゃないんだよね。むしろ**超**《ちょう》・

カ・イ・カ・ン☆」

トウマ先輩《せんぱい》はぶわっと顔《かお》をあげ、自身《じしん》の身体《からだ》を抱《だ》きしめる。

そんなトウマ先輩《せんぱい》を見《み》て、あたしもホッとする。

「よかったです。トウマ先輩《せんぱい》に嫌《いや》がられてたらどうしようって、ずっと心配《しんぱい》だったので」

「いやいや。僕《ぼく》を必要《ひつよう》としすぎてこまっている人《ひと》をみるのは、超楽《ちょうたの》しいヨン♪」

くっ、このイジワル悪魔《あくま》め！

あたしがトウマ先輩《せんぱい》に言《い》い返《かえ》そうとしたその瞬間《しゅんかん》——。

「お。いらっしゃい」

「あ。お邪魔《じゃま》してま——**すうううううう？**」

ぎゃ————っ！

びっくらこいて、語尾《ごび》が変《へん》になっちゃった！

きっと仰天《ぎょうてん》しすぎて、マンガみたいな顔《かお》をしてたにちがいない。

「うっせー。なによ？　そんな大声《おおごえ》だして」

耳《みみ》をふさぎながら、顔《かお》をしかめる目《め》の前《まえ》の女《おんな》の子《こ》に、あたしはさらにおののく。

「や……やっぱり**ミヤ先輩《せんぱい》**ですよね？」

「は？　アンタって目《め》ぇ悪《わる》いんだっけ？」

いやいやいやいや。

あたしじゃなくても、みんな同《おな》じリアクションをすると思《おも》うよ！

目《め》の前《まえ》にあらわれたのは、トウマ先輩《せんぱい》の双子《ふたご》の姉《あね》・ミヤ先輩《せんぱい》。

最初《さいしょ》は屋上《おくじょう》に呼《よ》びだされてヤキを入《い》れられたりと、超《ちょう》こわくってね！

そのカミソリのような眼力《がんりき》と、雄々《おお》しいすがたに、こっそり「**ヤンキー姉《ねえ》さん**」って呼《よ》んでたくらいなんだから。

それなのに！

目《め》の前《まえ》にいる女《おんな》の子《こ》は、口調《くちょう》こそ悪《わる》いが、まとう雰囲気《ふんいき》が別人《べつじん》！

シャワーを浴《あ》びてたらしく、ぬれた髪《かみ》を無造作《むぞうさ》にたばねている。

くっきりとしたアーモンド形《がた》の目《め》に、同性《どうせい》のあたしもひきこまれそうっ。

や、前《まえ》からちょっと西洋風《せいようふう》の美人《びじん》だなぁとは思《おも》ってたよ？

だけど、スッピンのせいだからかな？

いつもまとっているヤンキーオーラがなくなって、こわくないというか！

しかし惜《お》しむらくは、毛玉《けだま》だらけのジャージでしょう！

かわいい服《ふく》に着替《きが》えたら、もっともっと魅力的《みりょくてき》になるのに！

「**あ**――――――**！**」

わかった！　そういうことか！

ふたたびのあたしの絶叫《ぜっきょう》に、ミヤ先輩《せんぱい》が「も～！　うっさい！」と耳《みみ》をおさえる。

「そっかあ！　しおりちゃん、コレだ。コッチだ！　わかったよ！」

「もー。さっきから意味不明《いみふめい》！　わかったってなんだよ！」

しおりちゃんの占《うらな》いが指《さ》してた青《あお》って。

トウマ先輩《せんぱい》じゃなくて、ミヤ先輩《せんぱい》だったんだ！

あたしは、ツカツカと大股《おおまた》でミヤ先輩《せんぱい》に近《ちか》づいて、その足元《あしもと》にひざまずき、土下座《どげざ》する。

「**ミヤ先輩《せんぱい》！　うちの雑誌《ざっし》のグラビアにでてください――――！**」

「「**はあぁっ？**」」

トウマ先輩《せんぱい》とミヤ先輩《せんぱい》がすっとんきょうな声《こえ》をあげる。

「だってミヤ先輩《せんぱい》めちゃくちゃキレイ！　ふだんもキレイなんですけど、雰囲気《ふんいき》ちがうし！」

とつぜんの展開《てんかい》に、ミヤ先輩《せんぱい》があんぐりと口《くち》をあける。

「モデルさんでもこんなにキレイな人《ひと》いないです！　その毛玉《けだま》だらけのヨレヨレのジャージを脱《ぬ》いで、うちの専属《せんぞく》モデルをやってください！　ステキな服《ふく》とかきっと似合《にあ》いますよ」

「やだ。めんどうなのはごめんだね――ひっ」

顔《かお》をそむけるミヤ先輩《せんぱい》の足《あし》に、あたしはタックルするかのように、ガシッとしがみつく。

「うおおおおお。ミヤ先輩《せんぱい》っ。そこをなんとか！」

そんなときにトウマ先輩《せんぱい》までが「ちょっとぉーっ！　君《きみ》は僕《ぼく》の原稿《げんこう》を取《と》りにきたんでしょ？」

と言《い》ってくる。

トウマ先輩《せんぱい》、すねないでください、今《いま》あなたを賛美《さんび》してる暇《ひま》はないんですっ！

「トウマ先輩《せんぱい》も賛美《さんび》の言葉《ことば》で、ミヤ先輩《せんぱい》を説得《せっとく》してください！」

弟《おとうと》のトウマ先輩《せんぱい》の説得《せっとく》なら、ミヤ先輩《せんぱい》の気持《きも》ちも変《か》わるかもしれないし！

「えー！　なんで僕《ぼく》が。やだよぅ！」

トウマ先輩《せんぱい》は頰《ほお》をぷうっとふくらませるし。（めんどくせー！）

「と・に・か・くっ！　アンタの雑誌《ざっし》に、あたしまで巻《ま》きこまないで」

「えーっとぉ、巻頭《かんとう》かなぁ。あと表紙《ひょうし》もね。それならグラビアやってもいいけどぉ」

げっ。なぜかトウマ先輩《せんぱい》がノリノリになってきてるし！

「ああ、でも想像《そうぞう》したら悪《わる》くない。実《じつ》に悪《わる》くないよ」

そう言《い》って、トウマ先輩《せんぱい》は自分《じぶん》の体《からだ》をガシッと両腕《りょううで》で抱《だ》きしめ、妄想《もうそう》をはじめる。

「あ〜んっ。僕《ぼく》の美《うつく》しい生《う》まれたてのすがたに、悲鳴《ひめい》をあげて倒《たお》れる小鳥《ことり》ちゃんたち……。見《み》だしは『**はだかの僕《ぼく》は伝説《でんせつ》になる**』。これで決定《けってい》だね！」

最悪《さいあく》の場合《ばあい》トウマ先輩《せんぱい》のグラビアでもいいのか？　いやいや。あたしは考《かんが》えなおす。

「新聞部《しんぶんぶ》との大事《だいじ》な戦《たたか》いなんです。勘弁《かんべん》してください！」

「大事《だいじ》な戦《たたか》いだからこそ！　ひとはだ脱《ぬ》ぐ、と言《い》ってるんだ！」

「脱《ぬ》がれた時点《じてん》で、『パーティー』は、負《ま》け決定《けってい》ですからっ」

生徒会主催《せいとかいしゅさい》の勝負《しょうぶ》で、そんなん配《くば》れるはずないでしょー！

「もうっ！　先輩《せんぱい》は余計《よけい》なこと考《かんが》えないで、マンガを描《か》いてくださいっ！」

「僕《ぼく》のヌードが余計《よけい》だとー！（怒《いかり》）」

「先輩《せんぱい》のグラビアはノー・サンキューです！　いりませんっ！　それこそ人生初回収《じんせいはつかいしゅう》です！」

「くっ、ぷぷぷ。あーっはっはっは」

あたしたちのやりとりを見《み》ていたミヤ先輩《せんぱい》が、豪快《ごうかい》に笑《わら》いだす。

「――ちょっと。耳《みみ》かしな」

そういって、ミヤ先輩《せんぱい》はあたしにだけ聞《き》こえるように、そっと耳打《みみう》ちしてくれた。

あたしは負《ま》ける賭《か》けに乗《の》らない。トウマの原稿《げんこう》が取《と》れたら……『パーティー』にでてやるよ。

ただし！　だれにもバレないのが絶対条件《ぜったいじょうけん》！

それからジャージ写真《しゃしん》は必《かなら》ず入《い》れること！

「わかりました。ジャージをはやらせましょう！」

あたしの覚悟《かくご》に、ミヤ先輩《せんぱい》は笑《わら》ってくれたんだ。

「はーっ、ミヤ先輩《せんぱい》。ステキすぎるっ！」

もしあそこで、ミヤ先輩《せんぱい》の条件《じょうけん》をトウマ先輩《せんぱい》に聞《き》かれてたら……。

トウマ先輩《せんぱい》はエベレスト級《きゅう》のムリ難題《なんだい》を口《くち》にしたにちがいないっ。

あたしだけにしか聞《き》こえないように提案《ていあん》してくれたミヤ先輩《せんぱい》の優《やさ》しさにしびれるよ。

ミヤ先輩《せんぱい》ってかっこいいよー！


部屋《へや》からでていくミヤ先輩《せんぱい》を見送《みおく》ると、トウマ先輩《せんぱい》はふたたびイスにこしかける。

「まったく。僕《ぼく》の目《め》の前《まえ》でミヤをくどくなんて！　今度《こんど》やったら怒《おこ》るからね！」

……めっちゃムキになって、もう怒《おこ》ってたじゃん!!

そう思《おも》ったけれど、口《くち》には出《だ》さずにおとなしくうなずいた。

「そういえば、一回《いっかい》も新聞部《しんぶんぶ》の担当《たんとう》さんが見《み》えませんけど。新聞部《しんぶんぶ》はどんな感《かん》じなんですか？」

「すごいごちそうをしてくれたけど……作品《さくひん》の話《はなし》になったら、全部僕《ぜんぶぼく》に任《まか》せるって言《い》われて、しめ切《き》りの日《ひ》を教《おし》えてもらっておしまいかな」

「ひゃーっ。担当《たんとう》は紫村《しむら》さんですよね？　あたしにはできないなぁー」

「——僕《ぼく》に一任《いちにん》できないってこと？」

ヒヤリとするような冷《つめ》たい声《こえ》で、トウマ先輩《せんぱい》は言葉《ことば》を投《な》げかけてくる。（こわいっ）

いやいや。

あたしはフルフルと首《くび》を横《よこ》にふる。

「せっかく先輩《せんぱい》に描《か》いてもらえるのに。もったいないなぁと思《おも》って」

あたしの言葉《ことば》に、トウマ先輩《せんぱい》がキョトンとする。

「もったいないって？　君《きみ》も新聞部《しんぶんぶ》も、ただ僕《ぼく》の原稿《げんこう》がほしいんでしょ」

「はい。トウマ先輩《せんぱい》の原稿《げんこう》がほしいです」

でもあたしが求《もと》めているのは、普通《ふつう》の原稿《げんこう》じゃない。

「あたしは、先輩《せんぱい》の担当《たんとう》として、一緒《いっしょ》に作品《さくひん》が作《つく》りたいんです」

「僕《ぼく》の作品《さくひん》は僕《ぼく》のものだけど？」

あたしはトウマ先輩《せんぱい》の目《め》をじっとみつめる。

「モチロン作品《さくひん》はトウマ先輩《せんぱい》のものです。でも担当編集《たんとうへんしゅう》って、作家《さっか》さん、そして作品《さくひん》のいちばんのファンでありつつ、応援団長《おうえんだんちょう》みたいなものだと思《おも》うんです」

表《おもて》にはでないけど、いっしょにゴールまで走《はし》るパートナーみたいなもんだ。

「作者《さくしゃ》と直接《ちょくせつ》お話《はなし》をして、作品《さくひん》を作《つく》る手伝《てつだ》いができるんですよ？　それができるのは、この世《よ》で担当編集《たんとうへんしゅう》ただひとりです。それが楽《たの》しいから、雑誌《ざっし》を作《つく》ってるんじゃないですか！」

「……そういうもんかな」

「お話《はな》ししてるとアイディアが広《ひろ》がったりするし、追《お》いかけられたらしめ切《き》りも守《まも》らなきゃって思《おも》うでしょ？……いや、あたしとしては、心《こころ》の底《そこ》から守《まも》ってほしいんですが！」

だからかー。とトウマ先輩《せんぱい》はため息《いき》をつく。

「新聞部《しんぶんぶ》ってサイソクの連絡《れんらく》もないから、なーんかはり合《あ》いないいんだよねぇ」

「でも先輩《せんぱい》の原稿《げんこう》を、なんの疑問《ぎもん》も持《も》たずに待《ま》てるなんて！　紫村《しむら》さん、度胸《どきょう》あるなぁ！」

「ゆのちゃん、言《い》いすぎ」

「さっきひまって言《い》ってましたよね！　ちょっとでも時間《じかん》があるならうちのも描《か》いてくださいよ。雑誌《ざっし》に載《の》せたいのもモチロンですが、あたしがあの作品《さくひん》のつづきを読《よ》みたいんです！」

先輩《せんぱい》の描《か》いてくれたマンガは、本当《ほんとう》にキュンキュンしておもしろかったんだから！

あたしの言葉《ことば》に、トウマ先輩《せんぱい》が得意《とくい》げに鼻《はな》をこする。

「次回《じかい》は主役《しゅやく》と幼《おさな》なじみのキスシーンもあって、そうとう盛《も》りあがるんじゃないですか！」

「そう。小鳥《ことり》ちゃんたちが僕《ぼく》の描《か》いたマンガを読《よ》む。そして頬《ほお》を赤《あか》らめて身《み》をよじらせるさまを想像《そうぞう》すると――たまらない気持《きも》ちになるのさ！」

「じゃあうちの原稿《げんこう》は、気分転換《きぶんてんかん》したいときに描《か》くってのはどうですか？」

「きぶんてんかん〜？」

あたしは大《おお》きくうなずく。

「勉強《べんきょう》に疲《つか》れたり、新聞部《しんぶんぶ》の原稿描《げんこうか》いててつまっちゃったときとか逃避《とうひ》したくなりません？」

「なるなる！」

よしっ。トウマ先輩《せんぱい》の気持《きも》ちが、うちの原稿《げんこう》にむいてきてる！

「そんなときは、うちの雑誌《ざっし》をトウマ先輩《せんぱい》がリフレッシュするために使《つか》ってください」

「雑誌《ざっし》をおもちゃにしていいの？」

うっ。おもちゃって言《い》われると、ごへいがあるけど……。

でもうちの雑誌《ざっし》で思《おも》い切《き》り描《か》いてくれるならば、それはうれしい。

「……実《じつ》はあまりにも暇《ひま》だったから、『パーティー』の続《つづ》きの**ネーム**を描《か》いてみようと思《おも》ったんだけど、色々問題《いろいろもんだい》が発生《はっせい》してね。それもあって今回《こんかい》はパスなの」

ネームっていうのは、マンガの下書《したが》きのようなもの。

……トウマ先輩《せんぱい》、少《すこ》しはやる気《き》なんじゃない!?

「先輩《せんぱい》すごい！　ちゃんと考《かんが》えてくれてるじゃないですか！」

「考《かんが》えるもなにも、毎日《まいにち》こうやって話《はなし》をしてたら、さすがの僕《ぼく》だって色々考《いろいろかんが》えちゃうさっ」

「で。問題《もんだい》ってなんですか？」

「わからないことがあるんだよねぇ」

「わからないこと？」

「僕《ぼく》、キスした経験《けいけん》ないからさ。キスシーンが描《か》けないの」

「えええええっ!?　トウマ先輩《せんぱい》のくせに、したことないんですか？」

意外《いがい》!!

だってトウマ先輩《せんぱい》だよ？

女《おんな》の子《こ》たちが大好《だいす》きな、あの青木《あおき》トウマ先輩《せんぱい》だよ!?

あたしの反応《はんのう》に、トウマ先輩《せんぱい》が露骨《ろこつ》に顔《かお》をしかめる。

「くせにって！　ちょいちょい失礼《しつれい》だな！　ゆのちゃんはあるの？」

「そんなの、あるはずないですよ！」

力説《りきせつ》すると「大丈夫《だいじょうぶ》、見《み》ればわかるから☆」だって！　ひどいっ！

「じゃあ…好《す》きな人《ひと》とか、つき合《あ》ってる人《ひと》はいる？」

「好《す》きな人《ひと》!?　つ、つき合《あ》ってる人《ひと》ぉ!?」

イキナリそんなことを聞《き》かれても！

「――まさか僕《ぼく》の前《まえ》で黒崎《くろさき》くん、とか言《い》ったりしないよね？」

なに、そのまぶしい笑顔《えがお》！

逆《ぎゃく》に怖《こわ》いですっ！

「どちらもいません――けど」

「けどぉ？」

うぎゃー。はずかしいよぉ。

あたしは真《ま》っ赤《か》になってゴニョゴニョとつぶやきながら下《した》をむく。

「――子《こ》どものころから、ずっとあこがれている人《ひと》はいます」

あたしの反応《はんのう》に、トウマ先輩《せんぱい》はおもしろくなさそうに、「へー」と返《かえ》す。

「だれ？」

「それは、本物《ほんもの》の雑誌《ざっし》『パーティー』を創《つく》った、**宝井秀人編集長**《たからいひでとへんしゅうちょう》です！」

きゃー！　言《い》っちゃった。はずかしー！

あたしはキャーキャー言《い》いながら、大《おお》いにみもだえる。

「すっごく、すっごくかっこよくて！　子《こ》どものあたしに『君《きみ》が作《つく》ればいい』って、大切《たいせつ》な雑誌《ざっし》『パーティー』をくれたんです！」

真《ま》っ赤《か》になりながら、トウマ先輩《せんぱい》に本物《ほんもの》の『パーティー』の当時《とうじ》の編集長《へんしゅうちょう》から名前《なまえ》を継《つ》いだ話《はなし》を語《かた》った。（ママやパパのことはバレないように軽《かる》くね）

「ほー。じゃあゆのちゃんは、その宝井編集長《たからいへんしゅうちょう》のことが子《こ》どものときから好《す》きってことか」

「**きゃ――――っ**。好《す》きだなんておそれ多《おお》い！　あこがれすぎて、もはや神《かみ》です！」

宝井編集長《たからいへんしゅうちょう》とは年《とし》も離《はな》れすぎているし！（でもいったいいくつなんだろう、謎《なぞ》だよ）

「**ふーん。別《べつ》に興味《きょうみ》ないからいいけど**」

興味《きょうみ》ないと言《い》うわりに、トウマ先輩《せんぱい》の声《こえ》が、メッチャ不機嫌《ふきげん》なのは気《き》のせいでしょうか？

「話《はなし》をもどすけど、主人公《しゅじんこう》って家《いえ》ではメガネしてるでしょ。キスってメガネ越《ご》しでもできるわけ？」

「………。さー。あたしにそんな難《むずか》しいことを聞《き》かれても――」

そんなの、わかんないよっ。したことないし！

「だから、もう『パーティー』の原稿《げんこう》は描《か》けないのさっ☆」

「げ！　それって今後《こんご》もずっと描《か》けないってことじゃないですか!?」

「ま☆　そうなっちゃうかもねぇ」

トウマ先輩《せんぱい》！　他人《ひと》ごとのように言《い》わないでください！

「あたしも考《かんが》えます！　なんかいい案《あん》を！」

腕《うで》ぐみしてウンウン案《あん》を考《かんが》えてると、トウマ先輩《せんぱい》は「いい案《あん》はあるんだよね」と意地悪《いじわる》く笑《わら》う。

「なんだ〜。いい案《あん》があるなら教《おし》えてくださいよ」

「どうしよっかなーと思《おも》ってたけど、さっきの話《はなし》を聞《き》いてて決《き》めた」

トウマ先輩《せんぱい》は優雅《ゆうが》な動《うご》きでイスから立《た》ち上《あ》がり、身体《からだ》を乗《の》りだす。

長《なが》い指《ゆび》が、あたしのあごをとらえると、クイッともちあげる。

「ゆのちゃんのファーストキス。僕《ぼく》のマンガにささげて」

ひええええええええええええっ！

お、乙女《おとめ》のファーストキスをトウマ先輩《せんぱい》のマンガにささげろと!?

あんた、悪魔《あくま》ですか！

「ムリムリ、絶対《ぜったい》にムリ！　地球《ちきゅう》が四角《しかく》くなってもムリ！　ありえない！」

「ここは『トウマ先輩《せんぱい》！　そのような栄誉《えいよ》を！　ぜひ私《わたくし》めで実験《じっけん》を！』って言《い》うところ！」

げーっ。あたし小鳥《ことり》ちゃんじゃないし！

オオカミさんに追《お》いこまれたうさぎのように、あたしはパニックになる。

「考《かんが》えます！　ちょっと調《しら》べてみますから！」

「調《しら》べるってだれに？　どうやって？　そのあこがれの編集長《へんしゅうちょう》に聞《き》くの？」

「どこにいるかもわからないのに！　そんなわけないじゃないですか！」

あたしの神様《かみさま》にむかって！　バチがあたるよ！

でもママやハルちゃんには聞《き》けないしっ。（絶対《ぜったい》に変《へん》な顔《かお》されるもん！）

しおりちゃんに占《うらな》いをお願《ねが》いするとか？（でもそんなの占《うらな》えるもんなの!?）

グルグルグル。プシュー。（思考停止《しこうていし》！）

「ととと、とにかく！　今日《きょう》は失礼《しつれい》します！」

「明日《あした》決行《けっこう》するから。よろしくね、担当《たんとう》さん♪」

あたしは転《ころ》がるように、トウマ先輩《せんぱい》の家《いえ》をとびだしたのだった。

ドクドクドク。

左手《ひだりて》で心臓《しんぞう》のあたりをおさえると、ものすごいはやさで脈打《みゃくう》ってる。

ムリムリ、絶対《ぜったい》にムリ！

……でも原稿《げんこう》が取《と》れないと、ミヤ先輩《せんぱい》のグラビア企画《きかく》までダメになる。

そしたら『パーティー』は負《ま》けて、解散《かいさん》になっちゃう。

しおりちゃんや、エンマをあたしが守《まも》らなきゃ！

「**ぬおおおおおお！　なんでこんなことにぃいいい！**」

全力《ぜんりょく》で走《はし》って、この胸《むね》のドキドキに上書《うわが》きしなくっちゃ！

でも、とんでもないことになっちまったZE《ぜ》！

11 王《おう》子《じ》様《さま》とまさかの!?

「おかえり」

「ミャア、ミャーッ」

モンスター（トウマ先輩《せんぱい》）の攻撃《こうげき》で弱《よわ》りきった戦士様《せんしさま》を、クロミツがでむかえてくれる。

「あ、王子《おうじ》。来《き》てたんだ」

「ああ。白石先生《しらいしせんせい》の原稿《げんこう》が進《すす》まなくて、さっきハルちゃんに連《つ》れていかれたぞ」

「げ。また缶詰《かんづめ》!?」

「もう作画《さくが》をしなきゃ間《ま》に合《あ》わない時期《じき》なのに、内容《ないよう》が決《き》まらないらしくって。ネタが決《き》まるまで、もういっかい話《はな》しこみだって」

ううう、ハルさま。いつもご迷惑《めいわく》をおかけして、すみません！

「ごはんはテーブルにおいとくってさ」

「クリームシチューだ。やった！　ごはん3杯《ばい》はいける！」

「シチューにはパンだろうが」

「絶対《ぜったい》ごはんのほうがあうよー！」

あたしはテテテと小走《こばし》りで、王子《おうじ》の前《まえ》のイスに座《すわ》る。

あたしも本《ほん》を開《ひら》くが、トウマ先輩《せんぱい》の言葉《ことば》がぐるぐる頭《あたま》をまわって、集中《しゅうちゅう》できないよ！

「はー……」

「10回目《かいめ》」

「え？」

「帰《かえ》ってきてから、おまえがついたため息《いき》の数《かず》」

うっそぉ！　自分《じぶん》じゃ気《き》づいてなかったよ！

王子《おうじ》を見《み》て、あたしは「あっ」と小《ちい》さく声《こえ》をあげる。

そうだ。王子《おうじ》ってそう言《い》えばメガネしてるんだっけ。

「――**王子《おうじ》。キスしたことある？**」

ブー！

王子《おうじ》が盛大《せいだい》にコーヒーをふきだすのと、「ぎゃー！　汚《きたな》い！」

とあたしが叫《さけ》んだのは同時《どうじ》だった。

「はあっ⁉」

「いつも忘《わす》れちゃうんだけど、いちおう女子《じょし》に人気者《にんきもの》の王子様《おうじさま》だし、あるのかなぁと……」

「頭《あたま》でも打《う》ったか？　急《きゅう》にどうした」

「実《じつ》はトウマ先輩《せんぱい》が……」

あたしが、さきほどのトウマ先輩《せんぱい》とのやりとりを話《はな》しだすと、王子《おうじ》の顔《かお》がみるみる険《けわ》しくなる。

「くされ外道《げどう》だな。本《ほん》つっ当《とう》に」

「ヒドイよね！　いきなり好《す》きな人《ひと》とかつき合《あ》ってる人《ひと》いるのって聞《き》いてきてさ！」

あたしはクッションを抱《だ》きしめ、ギシギシとイスをゆらす。

「好《す》きとかじゃないけど、あこがれてる人《ひと》はいますって言《い》ったら、大気《たいき》が怒《いか》りで満《み》ちたような」

先輩《せんぱい》の目《め》の色《いろ》がいっしゅん、怒《いか》りで赤《あか》く染《そ》まったような気《き》がしたもんっ！

あたしの言葉《ことば》に、王子《おうじ》は少《すこ》しだけ苦《くる》しそうな顔《かお》をする。

「……でもさ。おまえはそのあこがれてる人《ひと》が好《す》きなんだよ」

「も～！　ゴカイだって！　神《かみ》ですよ。雑誌《ざっし》の神様《かみさま》！　好《す》きだなんて、おそれおおいよ！」

宝井編集長《たからいへんしゅうちょう》を敬愛《けいあい》するこの気持《きも》ちを、恋愛《れんあい》なんて軟弱《なんじゃく》なものにしないでっつーの！

「本当《ほんとう》にこまった。あしたトウマ先輩《せんぱい》になんていおう（涙《なみだ》）」

「……」

王子《おうじ》はじっとこちらを見《み》つめながら、言葉《ことば》をつむぐ。

「どうしても青木《あおき》トウマを説得《せっとく》しなきゃいけないのか？」

王子《おうじ》の言葉《ことば》に、しぶしぶうなずく。

「わからなかったら、ずっと描《か》かないって言《い》うんだよ……鬼《おに》でしょ！」

「青木《あおき》トウマの命令《めいれい》をきくつもりか？」

「ムリムリ！　でも原稿《げんこう》は描《か》いてもらわなくちゃいけないし……」

王子《おうじ》はため息《いき》をつくと、あたしに自分《じぶん》のメガネをかけさせる。

レンズが少《すこ》しだけ王子《おうじ》との距離《きょり》を遠《とお》ざけてくれたように思《おも》ったけど。

その次《つぎ》のセリフにあたしは撃沈《げきちん》した。

「わかった。俺《おれ》が協力《きょうりょく》してやる。——目《め》とじて」

ぎゃあああああああああああああっ、今《いま》のやっぱなし！　って
いいたいのにっ。

あたしはこわれた人形《にんぎょう》のようにコチコチにフリーズしてしまう。

「そんなに赤《あか》くなったら、できないだろ」って王子《おうじ》は言《い》うけど、王子《おうじ》も顔《かお》が真《ま》っ赤《か》ですけど！

両肩《りょうかた》におかれた手《て》が冷《つめ》たくて。でもビックリするほど優《やさ》しく触《ふ》れるから、力《ちから》がぬけてなにも考《かんが》えられなくなる。

ドクドクドク。

王子《おうじ》に聞《き》こえるんじゃないかってくらい、胸《むね》の鼓動《こどう》が高鳴《たかな》る。

それがはずかしくって、思《おも》わずギュッと目《め》をつぶると……

あ。暗転《あんてん》。

目《め》の前《まえ》が暗《くら》くなったのと、唇《くちびる》になにかが触《ふ》れた感触《かんしょく》がしたのは、ほぼ同時《どうじ》だった——。

12 駆《か》け引《ひ》きのこたえ

「トウマ先輩《せんぱい》！　おはようございます！」

「あ。ゆのちゃん、おっはよー。朝《あさ》からこの僕《ぼく》の笑顔《えがお》を拝《おが》みに来《き》たのかい？　感心感心《かんしんかんしん》。三《み》ツ星《ぼし》学園《がくえん》の太陽《たいよう》と言《い》われるこの僕《ぼく》に朝一《あさいち》で会《あ》うというのは、ご来光《らいこう》をおがめるくらいの価値《かち》があると気《き》づいてしまったんだね！」

あたし転校生《てんこうせい》だけど、先輩《せんぱい》が「学園《がくえん》の太陽《たいよう》」って呼《よ》ばれてるなんて聞《き》いたことありませんからっ！

とびきりの笑顔《えがお》をふりまくトウマ先輩《せんぱい》に心《こころ》でツッコミつつ、あたしは先輩《せんぱい》のもとにかけよった。

「で。こうやって来《き》たってことは、覚悟《かくご》が決《き》まったのかな？」

いえいえいえ。と全力《ぜんりょく》で首《くび》をふる。

「トウマ先輩《せんぱい》！　メガネ！　メガネはかけたままで大丈夫《だいじょうぶ》です」

「――**なんの話《はなし》？**」

さきほどまで曇《くも》りひとつなかった先輩《せんぱい》の笑顔《えがお》が、とたんに曇《くも》る。

ぎゃ──なんなのっ。その雷《かみなり》がおちる寸前《すんぜん》みたいな顔《かお》。

トウマ先輩《せんぱい》の気持《きも》ちってば、山《やま》の天気《てんき》みたいに変《か》わりやすいんですね！

「マンガの描写《びょうしゃ》の話《はなし》です。主人公《しゅじんこう》がメガネをしたままキスができるかどうかっていう──」

「ちょっと来《き》て」

ギュムっ。

「ぎゃっ。いた、いたたた」

ぎえええええっ、ひっぱらないでくださいよー！

あたしは強引《ごういん》に先輩《せんぱい》に手《て》をひかれ、教室《きょうしつ》の横《よこ》のベランダ（あたしは最近《さいきん》こっそり『トウマの花《はな》園《その》』と呼《よ》んでいる）に連《つ》れていかれる。

「確認《かくにん》したの？」

「はい！　バッチリ確認《かくにん》しました！」

イエッサー！　フー！

あたしがビシッと敬礼《けいれい》すると、先輩《せんぱい》の眼光《がんこう》はさらに鋭《するど》さを増《ま》す。

「──**まさか黒崎《くろさき》と？**」

カアアッ。

トウマ先輩《せんぱい》の問《と》いかけに、あたしは顔《かお》が反射的《はんしゃてき》に赤《あか》くなるのがわかる。

そんなあたしの変化《へんか》を見《み》た先輩《せんぱい》は、「まいったな」と小《ち》さくつぶやいた。

「どうしたんですか？」

「——自分《じぶん》で思《おも》っていた以上《いじょう》にムカつく」

怒《おこ》っているような、傷《きず》ついているかのような。

こんな先輩《せんぱい》の顔《かお》、はじめて見《み》るよ。

「僕《ぼく》、二度《にど》と『パーティー』では描《か》かない。さよなら、担当《たんとう》さん」

え？　なんでえええ？

先輩《せんぱい》からの思《おも》いがけない決別宣言《けつべつせんげん》に、あたしはポカンとばかみたいに口《くち》をひらく。

「ちょ、ちょっと待《ま》ってください！　意味《いみ》がわかりません！」

「わからなくて結構《けっこう》。いま自分《じぶん》でも驚《おどろ》くくらい怒《おこ》ってるんだよ」

ゾクリ。

ナイフのような切《き》れ味《あじ》を見《み》せる、トウマ先輩《せんぱい》の笑顔《えがお》は、ぞっとするほど冷《つめ》たい。

そのくせ声《こえ》はゾクゾクするくらい甘《あま》くて、トウマ先輩《せんぱい》の感情《かんじょう》を読《よ》みきれない。

ツカツカツカ。

いつのまにか追《お》い詰《つ》められたあたしの頰《ほお》に触《ふ》れる先輩《せんぱい》の指先《ゆびさき》は冷《つめ》たい。

「僕《ぼく》とはキスできないってあんなにあわててたくせに、黒崎《くろさき》とは楽《たの》しく実験《じっけん》できたんだ」

「た、楽《たの》しくなんてしてません！」

真《ま》っ赤《か》になって思《おも》わず反論《はんろん》すると、トウマ先輩《せんぱい》があごをクイッとつかむ。

「そんな顔《かお》しないで。黒崎《くろさき》にもその表情《ひょうじょう》見《み》せたのかと思《おも》うと、目《め》がまわるくらいムカつくから」

そう言《い》って、トウマ先輩《せんぱい》はくるりとあたしに背《せ》をむけた。

去《さ》っていくトウマ先輩《せんぱい》に、あたしはしぼりだすような声《こえ》をだす。

「お、王子《おうじ》とはしてませんってば！」

あたしの言葉《ことば》に、トウマ先輩《せんぱい》は驚《おどろ》いたような顔《かお》をして、もどってくる。

「は？　くわしく説明《せつめい》して」

「あたしもどうなるのかと思《おも》ったんですが……」

きのうの真相《しんそう》を先輩《せんぱい》に語《かた》りだしたのだった。

「――**ネコとキスぅ？**」

「はい。目《め》を開《ひら》いたら、うちで飼《か》ってるクロミツとしてました。でも人《ひと》も動物《どうぶつ》もそんなに大差《たいさ》ないでしょう？　だからメガネかけたままで大丈夫《だいじょうぶ》だと思《おも》います！」

トウマ先輩的《せんぱいてき》にも、斜《なな》め上《うえ》をいく珍回答《ちんかいとう》だったのか、うーんと悩《なや》みだす。

「なるほど。黒崎《くろさき》くんは土壇場《どたんば》でやめたのか、最初《さいしょ》からそのつもりだったのか。……微妙《びみょう》なところだな」

「なんの話《はなし》ですか？」

トウマ先輩《せんぱい》は「こっちの話《はなし》」と言《い》いながら、眉《まゆ》をひそめる。

「……けどやっぱりムカつくな」

「なにがですか？」

「僕《ぼく》とはムリなんだよね？　なんで黒崎《くろさき》くんとはそういう流《なが》れになったの？」

「それは……家族《かぞく》だから」

「家族《かぞく》ぅ？」

トウマ先輩《せんぱい》がすっとんきょうな声《こえ》をあげる。

「だって、こまったことがあったら、家族《かぞく》に相談《そうだん》しますよね？　その流《なが》れで……」

「ぷぷぷぷ。あーっはっはっは」

「なにがおかしいんですか！」

「ゆのちゃんにとって、黒崎《くろさき》くんってなに？」

「え？　幼《おさな》なじみですけど」

「ほかには？」

「だから家族《かぞく》です」

「家族《かぞく》の中《なか》のポジションは？　なんかにたとえてみてよ」

うーん。トウマ先輩《せんぱい》、しつこいなぁ……。

「黒《くろ》いドーベルマンみたいな……番犬《ばんけん》？……いや、口《くち》うるさい弟《おとうと》？」

……そう、弟《おとうと》みたいだと思《おも》ってたのに。

再会《さいかい》した王子《おうじ》は背《せ》も伸《の》びて、急《きゅう》におとなっぽくなっちゃって。

……なんかしっくりこないんだけど。

その『違和感《いわかん》』ってみとめたくないというか、つきつめたくないような……。

「うーん、すみません。うまくたとえられません……って先輩《せんぱい》？」

あたしの返答《へんとう》に、トウマ先輩《せんぱい》はお腹《なか》をかかえて笑《わら》い転《ころ》げている。

「番犬《ばんけん》！――黒崎《くろさき》くん、かっわいそー」

なにがかわいそうなの？

ぜんぜん意味分《いみわ》かんないし！

「先輩《せんぱい》、それより、原稿《げんこう》！　これで原稿描《げんこうか》けますよね!?」

「最後《さいご》に確認《かくにん》。その返答《へんとう》によっては、『パーティー』ではもう二度《にど》と描《か》かないから」

トウマ先輩《せんぱい》の言葉《ことば》に、あたしは居住《いず》まいを正《ただ》す。

「そのキスは、だれのため？」

「？　トウマ先輩《せんぱい》のマンガのために決《き》まってるじゃないですか！」

「それってつまり僕《ぼく》のためだよね？」

マンガのためだけど、広《ひろ》い意味《いみ》で聞《き》かれたら、先輩《せんぱい》のためでもあるの……かな？

いまいち納得《なっとく》がいかないけど、あたしはコクリとうなずいた。

「わかった。僕《ぼく》のためにそこまでしたのなら、原稿《げんこう》を描《か》いてあげる」

「本当《ほんとう》ですか！　よかった！　作品《さくひん》のファンがよろこびます！」

両手《りょうて》をあげてよろこぶあたしを、トウマ先輩《せんぱい》はおもしろそうにみつめていた。

13 ついに制作《せいさく》開始《かいし》です！

「ミヤ先輩《せんぱい》！　トウマ先輩《せんぱい》、うちで原稿《げんこう》描《か》いてくれることになりました！　そんなわけでよろしくお願《ねが》いいたします！……**もがっ**」

ミヤ先輩《せんぱい》にガバッと口《くち》をふさがれ、あたしは抱《かか》えこまれるようにして屋上《おくじょう》に連《つ》れていかれる。

「しーっ。アンタ絶対《ぜったい》にかくしごとができないタイプ！」

はっ。そうでした！

絶対《ぜったい》にバレないことが条件《じょうけん》だったんだ！

トウマ先輩《せんぱい》から原稿取《げんこうと》る約束《やくそく》したのに、自爆《じばく》するところだったよ！

「——まだわからないよ」

「はい。気《き》をぬかずガッチリ追《お》いかけて、面白《おもしろ》い原稿《げんこう》にしてもらいます」

宣言《せんげん》するあたしに、ミヤ先輩《せんぱい》は豪快《ごうかい》に笑《わら》う。

「あはははは。上級生相手《じょうきゅうせいあいて》に一歩《いっぽ》もゆずらない。アンタのそーゆーところが好《す》きなのよ」

ミヤ先輩《せんぱい》は、あたしの頭《あたま》をポンとたたくと、しっかりした口調《くちょう》で告《つ》げた。

「――わかった。ひき受《う》ける」

「ありがとうございます！」

「それより――」

「絶対《ぜったい》にバレないように、ですね！」

「それもそうだけど。アンタはなんでわかったの？」

「そりゃー、ミヤ先輩《せんぱい》のお風呂上《ふろあ》がりに遭遇《そうぐう》したからですよ！」

「それだけ？」

「あたしこっそりヤンキー姉《ねえ》さんって呼《よ》んでたんです。だからビックリして」

ぎゃっ、うっかりヤンキー姉《ねえ》さんって呼《よ》んでたこと言《い》っちゃった！

あたしの答《こた》えにホッとした顔《かお》で、ミヤ先輩《せんぱい》は笑《わら》う。

「そっか……なるほど。じゃあ撮影《さつえい》はどんなふうにするつもり？」

撮影《さつえい》の段取《だんど》り確認《かくにん》だなんて！　ミヤ先輩《せんぱい》、実《じつ》はノリノリ？

「黒髪《くろかみ》のかつらをつけてもらって、ほぼスッピンでお願《ねが》いしようと思《おも》ってます」

「スッピンはイヤだ」

「お風呂上《ふろあ》がりのミヤ先輩《せんぱい》、すごく雰囲気《ふんいき》がやわらかいから、雰囲気変《ふんいきか》わると思《おも》います」

「うーん……」

ヤバイ、ミヤ先輩《せんぱい》が不安《ふあん》がってる。

「じゃあ、ナチュラルな感《かん》じで、ちょっとお化粧《けしょう》してみます？」

ミヤ先輩《せんぱい》は「それはある意味《いみ》おもしろいかもなぁ」と考《かんが》えだす。

「写真《しゃしん》はぜんぶ確認《かくにん》してもらいます。ミヤ先輩《せんぱい》に納得《なっとく》してもらったものしか載《の》せません！」

「あたし、けっこううるさいよ？」

挑《いど》むように告《つ》げるミヤ先輩《せんぱい》の表情《ひょうじょう》が、トウマ先輩《せんぱい》とかさなる。（さすが双子《ふたご》だよ！）

「のぞむところです！『パーティー』は参加《さんか》するミヤ先輩《せんぱい》にも楽《たの》しんでもらいたいので！」

あたしの必死《ひっし》の言葉《ことば》に、ミヤ先輩《せんぱい》はニヤリと笑《わら》い口《くち》を開《ひら》く。

「オーケー。わかった。女《おんな》に二言《にごん》はない。やってやろうじゃないか」

「わー！　先輩《せんぱい》、本当《ほんとう》にありがとうございます！　絶対《ぜったい》に絶対《ぜったい》に素敵《すてき》なページにしましょう！」

楽《たの》しみすぎてはしゃぐあたしを見《み》て、ミヤ先輩《せんぱい》がクスッと笑《わら》う。

「ほえ？　どうしたんですか？」

「本当《ほんとう》に楽《たの》しそうだなぁと思《おも》って。めんどくさがり屋《や》のトウマが、前回原稿《ぜんかいげんこう》をちゃんとあげられたのが、ちょっとだけわかったような気《き》がした」

「先輩《せんぱい》はマンガも描《か》けるアイドルになりたいって言《い》ってたから、そのせいじゃないですか」

ミヤ先輩《せんぱい》はうーんと伸《の》びをしながら、「それもモチロン動機《どうき》のひとつだろうけどさ」と言《い》う。

「あの子《こ》は孤独《こどく》で地味《じみ》な努力《どりょく》が死《し》ぬほど嫌《きら》いなの。マンガを描《か》くのってそれを全部集《ぜんぶあつ》めたような仕事《しごと》じゃない？　正直《しょうじき》ムリだと思《おも》ってた」

さすが双子《ふたご》！　サラッと毒《どく》をはきました！

「アンタには、人《ひと》を動《うご》かす力《ちから》があるよ。明《あか》るい場所《ばしょ》にどんどん人《ひと》を引《ひ》っぱっていく力《ちから》」

あたしはミヤ先輩《せんぱい》のことばにハッとする。

「ま、ものすごーく強引《ごういん》なところもあるけどね」

そういうと、ミヤ先輩《せんぱい》は軽《かる》くウィンクをした。

人《ひと》を明《あか》るいほうに引《ひ》っぱっていく力《ちから》。

そんなものが自分《じぶん》の中《なか》に本当《ほんとう》にあったら、しあわせだな。


さっそく、この朗報《ろうほう》をしおりちゃんに報告《ほうこく》するため、部室《ぶしつ》に帰《かえ》る道《みち》すがら。

新聞部《しんぶんぶ》の部室《ぶしつ》の前《まえ》で言《い》い争《あらそ》う声《こえ》が聞《き》こえてきた。

「お願《ねが》いだ。『スノー・プリンセス2《ツー》』の記事《きじ》は掲載《けいさい》しないでもらいたい！」

真《ま》っ青《さお》な顔《かお》で灰塚先輩《はいづかせんぱい》にうったえているのは、映画研究部《えいがけんきゅうぶ》の川西部長《かわにしぶちょう》だ。

「企画《きかく》は通過《つうか》し、すでに映画担当《えいがたんとう》が記事《きじ》を作成《さくせい》していたぞ」

「……そんな」

「エリート新聞部《しんぶんぶ》が目玉記事《めだまきじ》として載《の》せてやるんだ。ありがたく思《おも》うんだな。はーっはっは」

灰塚先輩《はいづかせんぱい》は冷《つめ》たくつげると、部室《ぶしつ》へと帰《かえ》っていった。

「——川西部長《かわにしぶちょう》、大丈夫《だいじょうぶ》ですか」

「君《きみ》は……白石《しらいし》さん」

あたしの顔《かお》を見《み》たとたん、川西部長《かわにしぶちょう》は警戒心《けいかいしん》をあらわにする。

「もう新聞《しんぶん》とか雑誌《ざっし》とかこりごりだ！　おもしろければ、なんでも暴《あば》き立《た》てるのかよ！」

川西部長《かわにしぶちょう》が言《い》ってるのは、エンマのことだ！

瞬時《しゅんじ》に気《き》づき、あたしは川西部長《かわにしぶちょう》に大《おお》きく頭《あたま》を下《さ》げた。

「川西部長《かわにしぶちょう》！　本当《ほんとう》にもうしわけありませんでした！」

あたしの反応《はんのう》が想像《そうぞう》とちがったのか、川西部長《かわにしぶちょう》はキョトンとする。

「『スノー・プリンセス2《ツー》』の記事《きじ》は、『パーティー』には載《の》せません！」

「……どうして。新聞部《しんぶんぶ》と勝負中《しょうぶちゅう》なんだろ。載《の》せないって言《い》われても、信《しん》じられるわけないだろう!!」

川西部長《かわにしぶちょう》がはきすてるように言《い》うと、あたしは部長《ぶちょう》にうったえる。

「あたしたちが作《つく》っている『パーティー』は読《よ》む人《ひと》もかかわる人《ひと》も全員《ぜんいん》がハッピーになれる、**おひさまみたいな雑誌《ざっし》**にしたいんです」

だから。

「川西部長《かわにしぶちょう》にも笑顔《えがお》になってもらいたいんです！」

「おひさまみたいな雑誌《ざっし》……」

「はいっ。うちのエンマが本当《ほんとう》にすみませんでした！　でもエンマも本当《ほんとう》はイイところもいっぱいあるんです。どうか、ゆるしてやってください!!」

あたしは心《こころ》から川西部長《かわにしぶちょう》に頭《あたま》を下《さ》げた。

「部活《ぶかつ》、行《い》かないのか」

同《おな》じころ、大音量《だいおんりょう》の音楽《おんがく》を聴《き》きながら、教室《きょうしつ》の机《つくえ》につっぷすエンマのヘッドホンを外《はず》し、王子《おうじ》が声《こえ》をかけていた。

「は？　オレはもう『パーティー』を辞《や》めたんだ」

「本当《ほんとう》に辞《や》めたいと思《おも》ってたのか？　ちがうだろ」

その言葉《ことば》に、エンマが王子《おうじ》をにらみつける。

「『パーティー』にはオマエが必要《ひつよう》だ。もし少《すこ》しでも雑誌《ざっし》を作《つく》りたいって気持《きも》ちがあるなら、もどってやってくれないか」

エンマはむくりと起《お》きあがるが、王子《おうじ》から目《め》をそらす。

「──いちばん大事《だいじ》な時期《じき》にぬけたんだ。今《いま》さら、どのツラ下《さ》げてもどればいいのかわかんねー……ってなんだよ」

王子《おうじ》は「おどろいたな」とクスリと笑《わら》う。

「学園一《がくえんいち》の不良《ふりょう》のかわいい一面《いちめん》が見《み》られたと思《おも》って」

「──テメー、ぶん殴《なぐ》られたいのか」

「俺《おれ》は平和主義《へいわしゅぎ》なんでね。丁重《ていちょう》にお断《ことわ》りする」

王子《おうじ》のすました言葉《ことば》に「けっ、どこが」とエンマは笑《わら》う。

「ま、暴走機関車《ぼうそうきかんしゃ》の幼《おさな》なじみとして忠告《ちゅうこく》。あのアホは、オマエを信《しん》じて待《ま》ってる。絶対《ぜったい》だ」

「黒崎《くろさき》。オマエ今《いま》までスカしたムカつくやつだと思《おも》ってたけど」

「――ケンカ売《う》ってんのか？」

いいや。とエンマは口《くち》のはしをあげながら、左右《さゆう》に首《くび》をふる。

「苦労性《くろうしょう》のおせっかいって上書《うわが》きしとくわ」

「それは、どうも。じゃあな」

「――黒崎《くろさき》。オレ様《さま》は律儀《りちぎ》な性格《せいかく》だ。借《か》りはかえす主義《しゅぎ》だからな。忘《わす》れるな」

エンマの言葉《ことば》に王子《おうじ》は貴公子《きこうし》のような表情《ひょうじょう》でかわす。

「それはどうも。期待《きたい》しないでおく」

王子《おうじ》の返事《へんじ》を聞《き》くと、エンマは手《て》をひらひらふり、軽《かろ》やかなステップで立《た》ち去《さ》った。


「いい写真《しゃしん》ができましたね」

しおりちゃんに、『絶対《ぜったい》に人《ひと》に見《み》られず撮影《さつえい》できる日《ひ》』を占《うらな》ってもらい、翌日《よくじつ》はまだ生徒《せいと》が登《とう》校《こう》していない時間《じかん》に学校《がっこう》へ来《き》て、撮影《さつえい》をおこなった。

「ねみー」と言《い》っていたミヤ先輩《せんぱい》も、撮影《さつえい》がはじまると嘘《うそ》みたいにスイッチが入《はい》り、素敵《すてき》な写真《しゃしん》をたくさん撮《と》れたんだ！

「ありがとう！　しおりちゃんの占《うらな》いのおかげで、見《み》つからずに撮影《さつえい》できたよ」

「ふふふ。ゆのさんの力《ちから》になれてよかったです」

部室《ぶしつ》で写真《しゃしん》をみつめながらはしゃぐと、しおりちゃんは笑《わら》う。

「それから、コレ以上《いじょう》ゆのさんに心配《しんぱい》をかけるようなら、お仕置《しお》きですよ？――エンマくん」

しおりちゃんとあたしがそんな会話《かいわ》をしていると、ガラリと部室《ぶしつ》のドアが開《ひら》き、エンマがすがたをあらわした。

しおりちゃん、さすが！　エンマの気配《けはい》とかわからなかったよ！

「あ！　エンマ！　帰《かえ》ってきてくれてよかった！」

「おかえりなさい」

エンマの顔《かお》が、ほっとしたように見《み》えたのは、気《き》のせいかな？

エンマはイスに座《すわ》ると、バサッと写真《しゃしん》や資料《しりょう》を取《と》りだす。

「スクープ。とってきたぜ」

「なに!?　これどうしたの!?」

机《つくえ》にならべられたのは、『スノー・プリンセス２《ツー》』とかかれた映画《えいが》の資料《しりょう》や、映画《えいが》の写真《しゃしん》！

「――エンマ。これは載《の》せられないよ。これを載《の》せたら困《こま》る人《ひと》がいるんだもん」

エンマはニヤリと笑《わら》い、写真《しゃしん》をあたしにつきつける。

「川西《かわにし》と川西《かわにし》のオヤジにたのんできた。映画会社《えいがかいしゃ》からもらった写真《しゃしん》で、掲載許可《けいさいきょか》もとってあるぜ」

エンマの言葉《ことば》に、「うっそぉ！」とあたしは思《おも》わず叫《さけ》びそうになる。

「まぁ、写真《しゃしん》は1枚《まい》だけだし、全《ぜん》あらすじはダメ！　って言《い》われちまったけどな」

不服《ふふく》そうにエンマが口《くち》をとがらせる。

「なにいってるの！　写真《しゃしん》が1枚《まい》あるだけでもすごいよ！」

「……本当《ほんとう》はうちが初《はつ》だしなんだけどよ。それは情報《じょうほう》としていれるなってさ」

うちが最初《さいしょ》のスクープだっていったら、票《ひょう》は取《と》れるけど。

「それはださねーっていっておいたから」

そういって、エンマが赤《あか》いスマホを片手《かたて》に不敵《ふてき》に笑《わら》う。

「これで文句《もんく》ねーだろ。いちごパンツ」

「エンマ！　アンタすごい！　本当《ほんとう》にすごいよ！」

「で？　オレ様《さま》がいないあいだ、オマエらもなんか考《かんが》えてたんだろうな？」

モチロン！　と、あたしとしおりちゃんは大《おお》きくうなずいたのだった。

みんながハッピーになる雑誌《ざっし》。それでこそ『パーティー』だよ！

14 『パーティー』2号完成《ごうかんせい》——しない!?

「では、今回《こんかい》の台割《だいわり》です！」

ババーンとテーブルに台割《だいわり》を開《ひら》く。

「青木《あおき》トウマの原稿《げんこう》、入《はい》るのかよ！」

「うん。王子《おうじ》がアシスタントをしないから、きっと白《しろ》い原稿《げんこう》だと思《おも》うんだけど……。トウマ先輩《せんぱい》を手伝《てつだ》えるところは、みんなで手伝《てつだ》うつもりでいよう」

あたしの言葉《ことば》に、ふたりが真剣《しんけん》にコクリと首《くび》をたてにふる。

「あと1号目《ごうめ》を作《つく》ったときにきた感想《かんそう》のお手紙《てがみ》で、読者《どくしゃ》コーナーを作《つく》ろうと思《おも》ってるんだ」

「どんなページだよ」

「勇気《ゆうき》がでる『**言葉《ことば》の標本《ひょうほん》**』に使《つか》えそうな言葉《ことば》を載《の》せたりするつもり」

「とてもステキなおはがきが届《とど》いてましたので、エンマくんもあとで見《み》てくださいね」

「けけけ。それは楽《たの》しみだ」

そう言《い》ってから、エンマはある項目《こうもく》に目《め》をとめる。

「銀野《ぎんの》。この企画《きかく》、本当《ほんとう》におまえが考《かんが》えたのか!?」

「はい。私《わたし》の感《かん》じた『**こわい**』体験《たいけん》を企画《きかく》にしてみました」

「けけけ。たしかに、あれはホラーよりこわかったぜ」

「おそれいります」

しおりちゃんが新《あら》たに考《かんが》えたのは、スイーツ特集《とくしゅう》。(あのしおりちゃんがだよ?)

新作《しんさく》チョコの紹介《しょうかい》や、おてがる手作《てづく》りスイーツ講座《こうざ》なんかもあるんだ。

でもしおりちゃんにとって、それはオマケなんだって。本当《ほんとう》にこわいと思《おも》ったのは——。

「ゆのさん。あとで星川《ほしかわ》さんの新作《しんさく》シュークリームの写真《しゃしん》をチェックしてください」

「シュークリーム、3人《にん》で作《つく》ったんだよね。楽《たの》しかったー!」

「やべー。超《ちょう》やべー。腹《はら》が痛《いた》い」

「えええ? なんでエンマがそんなに笑《わら》ってるのか、意味不明《いみふめい》だよ!」

その言葉《ことば》を聞《き》いたエンマが、さらにバタバタと笑《わら》い転《ころ》げる。

「いちごパンツは味《あじ》オンチなんだって! 星川《ほしかわ》の納豆入《なっとうい》りのケーキに七味《しちみ》かけてふつーに食《く》ってる女《おんな》だからな」

パーティー2号《ごう》目《め》 台《だい》割《わり》

(全《ぜん》20ページ)

グラビア特集《とくしゅう》1(担当《たんとう》/ゆの&しおり)	表《ひょう》紙《し》(担当《たんとう》/ゆの)
表2(P2)	表1(P1)

マンガ3(担当《たんとう》/ゆの)	マンガ2(担当《たんとう》/ゆの)	マンガ1(担当《たんとう》/ゆの)	学《がく》園《えん》のウワサ(担当《たんとう》/エンマ)	スイーツ特集《とくしゅう》2(担当《たんとう》/しおり)	スイーツ特集《とくしゅう》1(担当《たんとう》/しおり)	スノー・プリンセス2(担当《たんとう》/エンマ)	グラビア特集《とくしゅう》3(担当《たんとう》/ゆの&しおり)	グラビア特集《とくしゅう》2(担当《たんとう》/ゆの&しおり)
P11	P10	P9	P8	P7	P6	P5	P4	P3

三《み》ツ星《ぼし》学《がく》園《えん》情《じょう》報《ほう》局《きょく》2(担当《たんとう》/ゆの&エンマ)	三《み》ツ星《ぼし》学《がく》園《えん》情《じょう》報《ほう》局《きょく》1(担当《たんとう》/ゆの&エンマ)	マンガ8(担当《たんとう》/ゆの)	マンガ7(担当《たんとう》/ゆの)	マンガ6(担当《たんとう》/ゆの)	マンガ5(担当《たんとう》/ゆの)	マンガ4(担当《たんとう》/ゆの)
P18	P17	P16	P15	P14	P13	P12

裏《うら》表《びょう》紙《し》(担当《たんとう》/ゆの)	目《もく》次《じ》と奥《おく》付《づけ》(担当《たんとう》/エンマ)
表4(P20)	表3(P19)

「なによーっ。ちょっとかわった食感《しょっかん》だったけど、おいしかったよ！」

「星川《ほしかわ》さんが作《つく》るスイーツには、人《ひと》を地獄《じごく》にいざなう魔力《まりょく》を感《かん》じました」

ひなこちゃんは、創刊号《そうかんごう》を作《つく》ってたときに、さしいれのケーキを作《つく》ってくれたんだけど。

そのときに食《た》べた、納豆《なっとう》とネギの入《はい》ったケーキの味《あじ》が忘《わす》れられなかったみたい。

われ先《さき》にと食《た》べたトウマ先輩《せんぱい》は数分《すうふん》気絶《きぜつ》して、「三途《さんず》の川《かわ》をわたりかけた！」って言《い》うし。

見《み》た目《め》は高級店《こうきゅうてん》のケーキのような超絶技巧《ちょうぜつぎこう》。

味《あじ》も独創的《どくそうてき》で、そこがいいと思《おも》うんだけどなぁ。

「ちなみに星川《ほしかわ》が新《あたら》しく考案《こうあん》したシュークリームってどんなんだよ？」

「ちょっとかわった食感《しょっかん》を演出《えんしゅつ》するとかで、ぶどう味《あじ》のガムにカレーとあんこを入《い》れるって」

ツボに入《はい》りまくったエンマは、せきこみながら笑《わら》い転《ころ》げる。

「だめだ、呼吸困難《こきゅうこんなん》で死《し》ぬ」

「ゆのさんにアドバイスをもらって考《かんが》えた企画《きかく》で、こんなによろこんでもらえてうれしいです」

あたしじゃない。しおりちゃんが、一生懸命《いっしょうけんめい》、何度《なんど》も何度《なんど》も考《かんが》えてみてくれた結果《けっか》だよ！

「――いちごパンツ。このグラビアってなにするんだ？」

ふふふ。よくぞ見《み》つけてくれました！

「絶対《ぜったい》にバレちゃダメって言《い》われてるんだけど、青木《あおき》ミヤ先輩《せんぱい》のグラビアだよ」

あたしがそう言《い》うと、エンマはこぼれんばかりに目《め》を見開《みひら》く。

「なに？　急《きゅう》にびっくりした顔《かお》してどうしたの？」

「いちごパンツ、いや。白石《しらいし》ゆの。やっぱ、オマエは最高《さいこう》だ」

「は？　ちっとも意味《いみ》がわからないんだけど！」

「このオレ様《さま》が、新聞部《しんぶんぶ》に勝《か》てる気《き》がするってほめてやってるんだ。ありがたく思《おも》うんだな」

なんだかよくわからないけど、ほめてくれてるなら、いっか！

「よぉーし。打倒《だとう》、新聞部《しんぶんぶ》！」

「打倒《だとう》！　新聞部《しんぶんぶ》！」

あたしたちの声《こえ》は大《おお》きくこだまするのだった。


「よしっ！　とにかく原稿《げんこう》はできあがったね！」

これで印刷《いんさつ》するもとになる原稿《げんこう》は全部《ぜんぶ》そろった。

今度《こんど》はこれを全生徒《ぜんせいと》ぶん印刷《いんさつ》して、雑誌《ざっし》の形《かたち》に製本《せいほん》するんだよね。

「しっかし青木《あおき》トウマの原稿《げんこう》が、この段階《だんかい》であがってるなんて奇跡《きせき》だな」

前回《ぜんかい》の騒動《そうどう》を思《おも》い出《だ》したのか、エンマがしみじみとつぶやく。

そうなの！

あのムリ難題《なんだい》を押《お》しつけてきて、悪《あく》の大魔王《だいまおう》のサタンとまで呼《よ》ぼうかと思《おも》っていた、あのトウマ先輩《せんぱい》が原稿《げんこう》をあげてきたんだよ！

イッツ　ア　ミラクル！

あたしが「すごいです！　なんでこんなに早《はや》いんですか!?」って聞《き》いたら、「うーん。逃《とう》避《ひ》？」って言《い》ってたのが気《き》になるけど。

逃避《とうひ》って、なにか大事《だいじ》なことから逃《に》げるって意味《いみ》だよね？

……怖《こわ》いから考《かんが》えないでおこっと！（原稿《げんこう》があがった幸《しあわ》せだけかみしめたい！）

「私《わたし》たちもだいぶがんばって手伝《てつだ》ったつもりなんですが、やはり黒崎《くろさき》くんはすごいんですね」

「あいつ…背景《はいけい》も描《か》いてたよな」

「まー、王子《おうじ》はママに鍛《きた》えられた**プロアシ**みたいなもんだからなぁ」

「ぷろあし？」

「はっ。なんでもない、こっちのはなし！」

『プロアシ』っていうのは、プロのアシスタントさん。

背景《はいけい》や群衆《ぐんしゅう》や、場合《ばあい》によってはメカなんかを描《か》いたりもするプロフェッショナル。

王子《おうじ》はママの手伝《てつだ》いをしているから、学園《がくえん》でいちばんアシスタントがうまいと思《おも》うもん。

……それにしたって、うっかり口《くち》がすべっちゃった。

うちのママがマンガ家《か》なのは、みんなにナイショなんだった！

ママってばあたしをネタにした育児《いくじ》エッセイも描《か》いてるから、バレないようにしてるんだ！

バレたら恥《は》ずかしくて、学校《がっこう》に行《い》けなくなっちゃうもんっ！

さてと。あとは印刷《いんさつ》だけか。

「じゃあ、明日《あした》はちょっと早《はや》く学校《がっこう》に来《き》てやるとして。今日《きょう》はここまで！」

あたしは「**必殺《ひっさつ》！　モーゼ！**」と唱《とな》え、机《つくえ》の上《うえ》の物《もの》を右《みぎ》と左《ひだり》にバサーッとかき分《わ》ける。

すると紙《かみ》と本《ほん》でいっぱいだった机《つくえ》の真《ま》ん中《なか》が、パカッと割《わ》れたようにキレイに片《かた》づく。

「はい。片《かた》づけおしまい！　いこっか」

「オリジナリティあふれる片《かた》づけ方法《ほうほう》。さすが、私《わたし》の

使《つか》い魔《ま》です（ポッ）」

「……いちごパンツ、それ片《かた》づけじゃねーだろ。絶《ぜっ》対《たい》に物《もの》がなくなるぞ」

「そして、大事《だいじ》な原稿《げんこう》は、ここにっと……」

よいしょっと掛《か》け声《ごえ》をかけ、机《つくえ》にそびえる紙《かみ》の山《やま》のいちばん下《した》におしこむ。

「——あんなにバリバリ作《つく》ったオレらの原稿《げんこう》を……オマエは鬼《おに》かよ」

「なんで!? 大事《だいじ》だからこそ、木《こ》の葉《は》をかくすには森《もり》に！ 原稿《げんこう》をかくすのは、紙《かみ》の山《やま》にだよ！」

「本当《ほんとう》かよっ!?」

エンマが目《め》をむいてツッコムのを見《み》て、しおりちゃんはクスクス笑《わら》いながら問《と》いかけた。

「お腹《なか》がすきましたね、学食《がくしょく》でなにか食《た》べていきませんか？」

「「**賛成《さんせい》！**」」

パチリと部室《ぶしつ》の電気《でんき》を消《け》し、あたしたちは部屋《へや》をあとにしたのだった。

『下校《げこう》の時刻《じこく》になりました　教室《きょうしつ》や校庭《こうてい》にいるみなさんは　すぐに帰《かえ》りましょう』

そんな放送《ほうそう》が流《なが》れてから、しばらくたったころ。

生徒《せいと》たちはほとんど帰宅《きたく》を終《お》え、校舎《こうしゃ》の電気《でんき》も消《け》されはじめる。

——ガラッ。

注意深《ちゅういぶか》く息《いき》をはくような小《ちい》さな音《おと》をたて、『パーティー』編集部《へんしゅうぶ》の部室《ぶしつ》のドアが開《ひら》く。

月夜《つきよ》にうつしだされる黒《くろ》い影《かげ》は、ひとつ。

迷《まよ》いのない足取《あしど》りで、ある場所《ばしょ》をめざしていた。

暗《くら》く灰色《はいいろ》がかった雲《くも》が、月《つき》をおおいかくす。

「——相変《あいか》わらず汚《きたな》い机《つくえ》だな」

消《き》えた天然《てんねん》のライトのかわりに、懐中電灯《かいちゅうでんとう》で部室《ぶしつ》を照《て》らしながら、少年《しょうねん》はため息《いき》をつく。

迷《まよ》いなくもっともちらかった机《つくえ》の前《まえ》で立《た》ち止《ど》まると、手際《てぎわ》よく物色《ぶっしょく》しはじめる。

「**これか**」

雲《くも》が流《なが》れ、月《つき》が侵入者《しんにゅうしゃ》の顔《かお》を照《て》らす。

原稿《げんこう》を手《て》にした黒崎旺司《くろさきおうじ》のすがたを——。

15 消《き》えてしまった、宝物《たからもの》たち

日付《ひづ》けはかわり、いよいよ決戦《けっせん》の２日前《かまえ》！

いろいろあったけど、なんとか形《かたち》になったよ！

天国《てんごく》のパパ。それに宝井《たからい》編集長《へんしゅうちょう》。

本物《ほんもの》の『パーティー』みたいに、生徒《せいと》のみんなに楽《たの》しんでもらえますように！

「早《はや》いね！　ふたりとも来《き》てたんだ〜」

授業《じゅぎょう》を終《お》えたあたしは、まっすぐに部室《ぶしつ》にむかった。

「じゃあラストスパート、がんばりますか！」

笑顔《えがお》で告《つ》げるあたしとは正反対《せいはんたい》に、しおりちゃんとエンマの顔《かお》は紙《かみ》みたいに真《ま》っ白《しろ》だ。

「**――ない**」

「え？」

「**昨日《きのう》まであった原稿《げんこう》がない**」

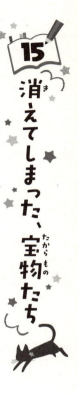

「そ、そんなことないよ！　絶対《ぜったい》にわからなくならないように、机《つくえ》の上《うえ》に置《お》いて――げ」

ぎゃあああ！　あたしの机《つくえ》の上《うえ》のタワーが、むざんにもなだれを起《お》こし崩壊《ほうかい》している！

ガサガサガサッ。

青《あお》ざめて原稿《げんこう》をさがすんだけど、ない。

見《み》つからない！

「いちごパンツ。絶対《ぜったい》になくさないって言《い》ったよな。なだれたもんがゆかにおちてるぞ」

「もしかしたら……。ゴミとまちがえて、先生《せんせい》がすてられたのではないでしょうか？」

サーッ。

しおりちゃんの冷静《れいせい》な分析《ぶんせき》に、あたしはますます青《あお》ざめる。

た、たしかに机《つくえ》の隣《となり》に備《そな》えつけてあるゴミ箱《ばこ》は、キレイさっぱり空《から》っぽになってる！

「でで、でもさすがにすてられることはないはずだよ」

「いちごパンツ……どもってて、1ミクロンも説得力《せっとくりょく》ねーよ」

ドッ、ドッ、ドッ。心臓《しんぞう》がハレツしそうに素早《すばや》いビートをきざむ。

「だっていちばん下《した》に置《お》いといたもん」

「なだれちまったら、上《うえ》も下《した》もないだろう!?」

「なだれは上《うえ》のものから落《お》ちるから、下《した》はぶじなの。何《なん》十回《かい》も経験《けいけん》してるから本当《ほんとう》だよ！」

そう言《い》って胸《むね》をはると、「何《なん》十回《かい》って……」とふたりはげっそりとして目《め》をそらす。

「ゆのさん、順番《じゅんばん》にのせてるだけかと思《おも》ってましたが…いろいろ考《かんが》えてたんですね」

「今《いま》まではそうだとしてもだ。実際問題《じっさいもんだい》、ねーもんはねーんだよ」

半泣《はんな》きで原稿《げんこう》をさがすけど……本当《ほんとう》にない！

「ゆのさんを責《せ》めても事態《じたい》は変《か》わりません。とにかく全員《ぜんいん》でさがしましょう」

しおりちゃんがそう言《い》うやいなや、机《つくえ》の下《した》にしゃがみこみ原稿《げんこう》をさがしはじめる。

「まさかと思《おも》うけど、風《かぜ》にとばされたりしたかもしんねーから、外《そと》も見《み》てくる！」

窓《まど》の鍵《かぎ》はしめてでていったはずだけど、あたしの気《き》のせい？

いつもママに「トイレのドアがあけっぱなし！」って言《い》われてるから、自信《じしん》がない。

ガラ、ガラ、ガラッ。

あたしは自分《じぶん》の机《つくえ》の引《ひ》きだしを次々《つぎつぎ》にひらき、のぞきこむ。

「あ…あれ」

「どうしました？」

「……おかしいな。あたしの**虹色《にじいろ》の万年筆《まんねんひつ》**も見《み》つからない」

万年筆《まんねんひつ》はちゃんと机《つくえ》の中《なか》にしまっておいたと思《おも》うんだけど……。

「虹色《にじいろ》の万年筆《まんねんひつ》って、ゆのさんの宝物《たからもの》ですよね？」

「うん。『パーティー』の編集長《へんしゅうちょう》からもらったお守《まも》りみたいなものなの」

消《き》えそうな声《こえ》でそう告《つ》げ、涙《なみだ》をこらえてギュッと唇《くちびる》をかみしめる。

決戦《けっせん》は明後日《あさって》なのに、原稿《げんこう》だけでなく、宝物《たからもの》の万年筆《まんねんひつ》まで消《き》えちゃうなんて。

……見《み》つからなかったらどうしよう。

「とにかくさがしましょう！」

しおりちゃんの言葉《ことば》に、ゆかにはいつくばってさがしはじめる。

それからあたしは自分《じぶん》の机《つくえ》まわり、しおりちゃんはカバンの中《なか》、エンマは部室《ぶしつ》の外《そと》を、各自必《かくじひっ》死《し》でさがしてみた。

しばらくすると――。

ガラッ。

「――あったぞ」

「見《み》つかってよかった！」

ホッとして、思《おも》わず腰《こし》がぬけそうになる。

ただ、部室《ぶしつ》に帰《かえ》ってきたエンマの表情《ひょうじょう》は暗《くら》いままだ。

「窓《まど》はしめてあったと思《おも》います。本当《ほんとう》に外《そと》にとばされたのでしょうか？」

小首《こくび》をかしげるしおりちゃんに、あたしは「とにかく見《み》つかったんなら、よかった！」といい、エンマに近《ちか》づくと――。

「――なにそれ？」

エンマが持《も》っている『異物《いぶつ》』に声《こえ》を失《うしな》う。

エンマの手《て》には、焼《や》けこげた紙《かみ》の束《たば》。

どうして？　なんなのこれ？

ドクドクドク。

嫌《いや》な予感《よかん》に、心臓《しんぞう》が早鐘《はやがね》をうつ。

「いちごパンツ。オマエのせいじゃねえって判明《はんめい》したぜ」

「！」

しおりちゃんは口元《くちもと》に手《て》をあて、あたしもまばたきを忘《わす》れて石化《せきか》する。

「こんなことって――!!」

こげた原稿《げんこう》を覗《のぞ》きこむと……やっぱり昨日《きのう》できあがった原稿《げんこう》だった。

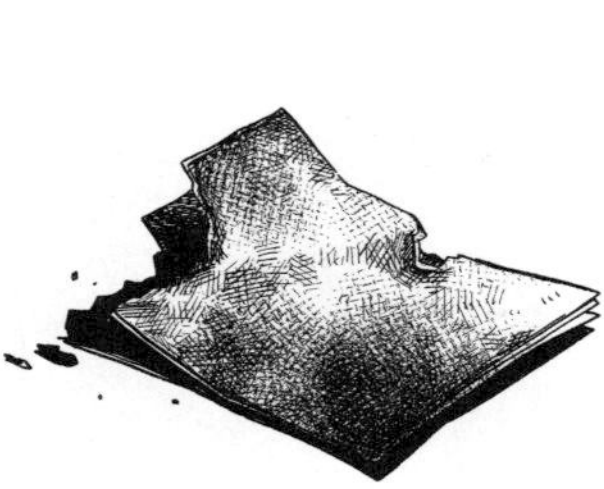

「――こんな……ヒドイ」

ギュッと雑誌《ざっし》を抱《だ》きしめると、ポロポロと目《め》から大粒《おおつぶ》の涙《なみだ》があふれだす。

「絶対《ぜったい》に犯人《はんにん》を見《み》つけだしてぶちのめしてやる！」

焼《や》けた原稿《げんこう》の束《たば》に、あたしの涙《なみだ》がいくつも伝《つた》う。

「原稿《げんこう》をこんな目《め》にあわせるなんて……雑誌《ざっし》の神様《かみさま》に顔《かお》むけできない」

ううん。『パーティー』を命《いのち》がけで作《つく》ってきた天国《てんごく》のパパや、宝井編集長《たからいへんしゅうちょう》にも顔《かお》むけできない。

最高《さいこう》の写真《しゃしん》を撮《と》らせてくれた、本当《ほんとう》はやさしいミヤ先輩《せんぱい》。

描《か》かないっていいながらも、最後《さいご》はマンガをあげてくれたトウマ先輩《せんぱい》。

すごいレシピを生《う》みだしてくれたひなこちゃんに、スクープを提供《ていきょう》してくれた川西部長《かわにしぶちょう》。

なにより、しおりちゃんとエンマの作《つく》ったページが、無残《むざん》なすがたに変《か》わり果《は》てるなんて――。

お守《まも》りの万年筆《まんねんひつ》をにぎりしめたくても、虹色《にじいろ》の万年筆《まんねんひつ》さえも消《き》えたままだ。

「……どうしたらいいんでしょうね」

はっ。

途方《とほう》にくれたしおりちゃんの言葉《ことば》に、あたしは自分《じぶん》をとりもどす。

なにやってるんだ、白石《しらいし》ゆの！

あたしがしっかりしなくて、どうする！

バチバチと両頬《りょうほお》を叩《たた》いて活《かつ》をいれる。

みんなを勇気《ゆうき》づけなくっちゃ。できそこないでも、それが編集長《へんしゅうちょう》の役目《やくめ》でしょうが！

「エンマ……。足《た》りないページってある？」

あたしの言葉《ことば》に、エンマはハッとしたように台割《だいわり》と燃《も》えた原稿《げんこう》をつき合《あ》わせる。

「いちごパンツ、青木《あおき》トウマの原稿《げんこう》はここにない」

エンマの言葉《ことば》に、ようやく一瞬《いっしゅん》だけ息《いき》ができる。

「——カケラものこさず燃《も》えちまったのかも」

ううん、とあたしは横《よこ》に首《くび》をふり、はっきりした声《こえ》で告《つ》げる。

「燃《も》えてないかもしれない。同《おな》じ『かも』なら、まずはトウマ先輩《せんぱい》の原稿《げんこう》をさがそう！」

しおりちゃんとエンマは大《おお》きくうなずき、さっそく原稿《げんこう》の捜索《そうさく》をはじめた。

各自《かくじ》の机《つくえ》。資料棚《しりょうだな》。

ゴソゴソとさがしていくと、

「ゆのさんっ、トウマ先輩《せんぱい》の原稿《げんこう》がありました！」

しおりちゃんの声《こえ》に、エンマとあたしがわっと集《あつ》まる。

ホコリまみれになって、掃除用具《そうじようぐ》入《い》れの後《うし》ろをさがしてくれていたしおりちゃんが、茶色《ちゃいろ》の封筒《ふうとう》をかかげてほほ笑《え》む。

「それだよ！　トウマ先輩《せんぱい》の原稿《げんこう》が入《はい》った封筒《ふうとう》だ！」

前回《ぜんかい》と同《おな》じ、トウマ先輩《せんぱい》から受《う》けとった『オフィス・アイドル☆』のハンコが押《お》された茶色《ちゃいろ》の封筒《ふうとう》は、見《み》まちがうわけありません！

あたしは、しおりちゃんから受《う》け取《と》って中《なか》を確認《かくにん》する。

「1、2、3、4、5、6、7、8枚《まい》！　ぜんぶある！」

その瞬間《しゅんかん》、ふたりがほっとした表情《ひょうじょう》を浮《う》かべる。

「よかった！　よかったよぉ」

気《き》がぬけたせいで腰《こし》がぬけ、あたしは泣《な》きじゃくりながら原稿《げんこう》を抱《だ》きしめる。

むかし迷子《まいご》になっていたクロミツが帰《かえ》ってきたときも、こんな気持《きも》ちだったっけ。

あたしにとって、トウマ先輩《せんぱい》の原稿《げんこう》はそのくらい大事《だいじ》なものなんだ。

「トウマ先輩《せんぱい》の原稿《げんこう》があれば問題《もんだい》ない。あとはデジカメに入《はい》ってる写真《しゃしん》のデータを使《つか》って、もう一度《いちど》作《つく》ろう。二度目《どめ》はきっとすぐに作《つく》れるよ」

「データ。そうですよね」

創刊号《そうかんごう》を作《つく》ったときのにがーい教訓《きょうくん》を活《い》かして、データはちゃんとのこすようにしたんだもん。

エンマはデジカメを手《て》にとると、表情《ひょうじょう》を硬《かた》くする。

「……いちごパンツ。デジカメのメモリがぬかれてる」

「！」

「ゆのさん。念《ねん》のため焼《や》いておいた保存用《ほぞんよう》のＣＤもありません」

「――これではっきりしたな」

「なにが？」

「オレたちが帰《かえ》ったあと、ここに忍《しの》びこんで原稿《げんこう》をぬすみだし、燃《も》やした奴《やつ》がいるってことさ」

「!!」

悲《かな》しいけど、犯人《はんにん》がいるってことだよね。

「銀野《ぎんの》。犯人《はんにん》って占《うらな》えるわけ？」

「**ええ。逃《のが》しませんよ。泣《な》いてもゆるしてあげませんから**」

「ひっ、しおりちゃん!!」

氷《こおり》の微笑《びしょう》とはこのこと!?

いままでみた中《なか》でいちばんキレイなスマイルだけど、目《め》がギンギンに光《ひか》ってますが！

しおりちゃんはタロットを手《て》にとり、なれた手《て》つきでおく。

「ゆのさん。トウマ先輩《せんぱい》の原稿《げんこう》が入《はい》った封筒《ふうとう》を貸《か》してください」

「う、うん」

あたしはしおりちゃんに言《い》われるがままに、トウマ先輩《せんぱい》の原稿《げんこう》を手《て》わたす。

「**魔界《まかい》ニ住《す》マウ友人《ゆうじん》ヨオオオ。隠《かく》シタ犯人《はんにん》ヲ教《おし》エタマエエエエーッ**」

ぎえええええええっ。

ドスのきいたしおりちゃんの声《こえ》が、悪魔《あくま》の声《こえ》みたいだよーっ。

「――視《み》えました。ここからすぐ近《ちか》く。いえ……となり」

「となりって言《い》ったら、**新聞部《しんぶんぶ》の部室《ぶしつ》**っきゃねーだろ」

エンマの口《くち》をついてでた『新聞部《しんぶんぶ》』という言葉《ことば》に、あたしはギョッとする。

「いくら敵《てき》だからって、相手《あいて》はエリート新聞部《しんぶんぶ》だよ？　こんなまねをするはずないよ！」

「でも新聞部《しんぶんぶ》が犯人《はんにん》なんだろう？」

「うたがっちゃだめだよ。しおりちゃん、もう一回占《いっかいうらな》って！」

あたしがうわずった声《こえ》で言《い》うと、しおりちゃんは「ゆのさんは、優《やさ》しいですね」とほほ笑《え》み、

「わかりました」とうなずいた。

しおりちゃんが、もう一度《いちど》タロットを切《き》り、1枚《まい》めくる。

2回《かい》。

3回《かい》。

4回《かい》。

でも、でてくるカードはぜんぶ同《おな》じ。

「――何度《なんど》やっても同《おな》じカードです」

「決《き》まりだな」

エンマは、ギロリと新聞部《しんぶんぶ》の部室《ぶしつ》のある方角《ほうがく》をにらみ、走《はし》りだす。

「ちょっと待《ま》って！」

ひゃっ、エンマもしおりちゃんもメッチャ足《あし》が速《はや》くない!?

ふたりを追《お》うようにして、あたしもあとにつづくのだった。

犯《はん》人《にん》はだれだ!?

「——それで？　赤松《あかまつ》は誇《ほこ》り高《たか》いこの新聞部《しんぶんぶ》が、格下《かくした》の貴様《きさま》らのポンコツ雑誌《ざっし》に手《て》をだした、そう言《い》いたいのかな」

うわっ。おそかった！

もう新聞部《しんぶんぶ》とのバトルがはじまっちゃってるよー！

しかもエンマの目《め》…キレッキレだし。

「ほかにそんなことするやつがいねーだろ。それに銀野《ぎんの》の占《うらな》いがそう言《い》ってる」

しおりちゃんの名前《なまえ》に、女子部員《じょしぶいん》がビクリとする。

しかしそんなことなど関係《かんけい》ないとでもいうように、灰塚先輩《はいづかせんぱい》は高《たか》らかに笑《わら》う。

「あっははは。この科学全盛《かがくぜんせい》の時代《じだい》に、占《うらな》いで犯人探《はんにんさが》しだと？　笑止《しょうし》！」

「あっ。カレンわかっちゃいました〜」

紫村《しむら》さんが凍《い》てついた空気《くうき》を壊《こわ》すような、キャルルンとした声《こえ》をあげる。

「編集部《へんしゅうぶ》は負《ま》けちゃう〜って思《おも》って、自分《じぶん》で原稿《げんこう》を燃《も》やしちゃった……とか？」

「——オメー、本気《ほんき》で言《い》ってるのか？　自分《じぶん》たちの原稿《げんこう》を燃《も》やすわけねーだろうが！」

灰塚先輩《はいづかせんぱい》は「どうだか」と冷《つめ》たくはきすて、メガネのフチをくいっとあげる。

「貴様《きさま》らごときを、このエリート新聞部様《しんぶんぶさま》が相手《あいて》にしてやってるだけで、ありがたいと思《おも》ってもらいたいところなんだがな」

「負《ま》け犬《いぬ》ちゃんは、しっぽをまるめてお帰《かえ》りくださーい☆ワンワン♪」

「——オメーら。これ以上《いじょう》、しゃべるな。ゆるさねぇ」

「ゆるさないのはこっちだ。急《きゅう》な訪問《ほうもん》にくわえ、いわれなき罵詈雑言《ばりぞうごん》。不快《ふかい》だ」

ヤバイ。

このままじゃ、勝負《しょうぶ》の前《まえ》に乱闘《らんとう》さわぎになっちゃうよ。

「――エンマ、しおりちゃん、もどろう」

「はぁ!?」

「ゆのさん、私《わたし》の占《うらな》いが信《しん》じられないんですか」

エンマがすっとんきょうな声《こえ》をあげ、しおりちゃんが悲《かな》しそうな顔《かお》であたしを見《み》つめる。

「ううん。しおりちゃんの占《うらな》いがここを示《しめ》してるならば、きっと『そ̀う̀』なんだと思《おも》う。でもあたしはどうしても、新聞部《しんぶんぶ》が犯人《はんにん》だって思《おも》えないんだ」

あたしはしおりちゃんの目《め》をまっすぐみつめる。

「ほぉー。参考《さんこう》までに聞《き》いてやる。なぜそう思《おも》うんだ？」

あたしは灰塚先輩《はいづかせんぱい》の問《と》いかけに、口《くち》を開《ひら》く。

「新聞部《しんぶんぶ》はいじわるだけど、ほこりを持《も》って仕事《しごと》してる。……そんな人《ひと》が、原稿《げんこう》を燃《も》やすかな」

灰塚先輩《はいづかせんぱい》は本当《ほんとう》にイヤミばっかり言《い》うけど、文字《もじ》を愛《あい》する者同士《ものどうし》って言《い》ってくれた。

ものを作《つく》る大変《たいへん》さを知《し》ってる新聞部《しんぶんぶ》が、本当《ほんとう》にそんなことをするのかな。

「新聞部《しんぶんぶ》が原稿燃《げんこうも》やすなら、あたしたちの前《まえ》で高笑《たかわら》いしながら燃《も》やすよ！」

「よくわかってるじゃないか、へっぽこ編集長《へんしゅうちょう》」

「カレン、フォローされてるように聞《き》こえないんですけどぉ」

灰塚先輩《はいづかせんぱい》は顔《かお》をひくつかせ、紫村《しむら》さんがぷうっと頰《ほお》をふくらませる。

「それに——」

あたしは、新聞部《しんぶんぶ》の部員《ぶいん》の顔《かお》をひとりずつたしかめるように見《み》つめた。

「それに新聞部《しんぶんぶ》には王子《おうじ》がいる。王子《おうじ》が絶対《ぜったい》に見過《みす》ごすはずがない。そんな事態《じたい》になりかけたら、王子《おうじ》が絶対《ぜったい》に止《と》めてくれる」

「ほおー。黒崎《くろさき》はうちの部員《ぶいん》。すなわち貴様《きさま》の敵《てき》だ。なぜそう断言《だんげん》できる」

「王子《おうじ》はあたしの家族《かぞく》のひとりなの。家族《かぞく》が家族《かぞく》をうたがうわけないでしょう！」

「……ゆの」

その言葉《ことば》に王子《おうじ》が一瞬《いっしゅん》、苦《くる》しげな顔《かお》をしたのに、あたしは気《き》づかなかった。

ここで言《い》いあらそっても仕方《しかた》ない。勝負《しょうぶ》は待《ま》ってくれないんだもの。

「——だから。このたびはおさわがせしましたあああ！」

あたしは大《おお》きく頭《あたま》をさげて、新聞部《しんぶんぶ》をあとにした。

先《さき》に新聞部《しんぶんぶ》の部室《ぶしつ》をでちゃったから知《し》らなかったんだけど、そのあとのしおりちゃんのタンカがすごかったんだって！

「ゆのさんがああいってますし…今回《こんかい》は引き下《ひさ》がりましょうか」

「あたりまえだ。このエセ黒魔術師《くろまじゅつし》」

灰塚先輩《はいづかせんぱい》のついた悪態《あくたい》に、しおりちゃんは「エセ黒魔術師《くろまじゅつし》」とつぶやくと、
カッ。

と大《おお》きく目《め》を見開《みひら》く。

「**新聞部《しんぶんぶ》のみなさんに呪《のろ》いをかけました。**原稿《げんこう》を燃《も》やした犯人《はんにん》がここにいらしたら、2日以内《かいない》に私《わたし》のもとへ来《き》てください。——**だれであろうと命《いのち》の保証《ほしょう》ができませんから。**失礼《しつれい》します」

編集部《へんしゅうぶ》が去《さ》ったあとの新聞部《しんぶんぶ》は、大《だい》パニックになるのだった……。


「さっきは勝手《かって》にあやまってごめん。でもしおりちゃんの占《うらな》いを信《しん》じてないわけじゃないの」

部室《ぶしつ》に帰《かえ》るやいなや、あたしは大《おお》きな声《こえ》でふたりにそう言《い》うと、力《ちから》いっぱい頭《あたま》をさげた。

勝負《しょうぶ》は明後日《あさって》。新聞部《しんぶんぶ》とケンカしてる場合《ばあい》じゃない。

「ふたりが新聞部《しんぶんぶ》に引《ひ》き抜《ぬ》かれるのは、絶対《ぜったい》に嫌《いや》だ。最後《さいご》までいっしょに戦《たたか》ってほしい」

「けけけ。ばーか。なに改《あらた》まってあたりまえのこと言《い》ってんだよ」

さげた頭《あたま》をエンマにくしゃくしゃとかきまわされ、あたしはビックリする。

「ふふふ。そこがゆのさんのかわいいところです」

ほえ？

なんでふたりとも、大《だい》ピンチなのに、そんなにおち着《つ》いてるの？

「あきらめたら、終《お》わっちゃうんですもんね」

しおりちゃんは、前《まえ》にあたしが言《い》ったことをおぼえているし。

創刊号《そうかんごう》のときも大《だい》ピンチがあってね。

トウマ先輩《せんぱい》の原稿《げんこう》はあがらないし、うちのネコのクロミツが、原稿《げんこう》の上《うえ》でおしっこしちゃうしで、大変《たいへん》だったんだ。

あの日々《ひび》を思《おも》いだして、あたしの口《くち》からふっと言葉《ことば》がとびだす。

「——**明《あ》けない夜《よる》はない**」

あたしのつぶやいた言葉《ことば》の輝《かがや》きに、エンマとしおりちゃんがこっちをみる。

「——明《あ》けない夜《よる》はないか、けけけ。悪《わる》くないな」

エンマが不敵《ふてき》に笑《わら》う。

たとえどんなにピンチで、目《め》の前《まえ》が真《ま》っ暗《くら》であっても。

夜《よる》は必《かなら》ず明《あ》ける。

絶望《ぜつぼう》や暗《くら》やみが、永遠《えいえん》につづくことはないんだ。

「……夜明《よあ》け前《まえ》の空《そら》は、もっとも暗《くら》いんです。でもそのぶん朝日《あさひ》はさぞ美《うつく》しいのでしょうね」

そうだよね、しおりちゃん。雑誌《ざっし》は何度《なんど》だって作《つく》り直《なお》せる。

だから——。

「いっちょやりますか！」

「**「おー！」**」

ここまできたら、やってやる！

前回《ぜんかい》よりも、もっともっと面白《おもしろ》い雑誌《ざっし》にしてやるんだからー！

「いちごパンツ」

急《きゅう》に呼《よ》ばれて顔《かお》を上《あ》げると、エンマが見《み》たこともないくらい真剣《しんけん》な顔《かお》をしている。

両肩《りょうかた》をつかまれ、あたしは一瞬《いっしゅん》ビクリと身体《からだ》をこわばらせるけど、エンマはおかまいなしに告《つ》げた。

「青木《あおき》ミヤは定期的《ていきてき》に学校《がっこう》を休《やす》んでて、たぶんいまはつかまらない」

ええええっ。

でもたしかに、ミヤ先輩《せんぱい》ってそうらしいんだよね。

「――いいか。オレが、オマエの……いいや『**パーティー**』**の救世主**《きゅうせいしゅ》になってやる。燃《も》えちまった青木《あおき》ミヤの写真《しゃしん》は、今回《こんかい》の切《き》り札《ふだ》だ。写真《しゃしん》はオレがなんとかする。だから――信《しん》じて待《ま》てるか？」

「わかった。アンタを信《しん》じる」

「燃《も》えてしまったページは私《わたし》たちに任《まか》せてください。なんとかしてみせます」

エンマは大《おお》きくうなずくと、風《かぜ》のようなはやさで消《き》えていった。

「またふたりになっちゃったね」

あたしの言葉《ことば》に、しおりちゃんはうすく笑《わら》い左右《さゆう》に首《くび》をふる。

「いいえ。ゆのさん。――もうひとり」

「え？」

しおりちゃんの言葉《ことば》と同時《どうじ》に、ガラリとドアが開《ひら》く。

「**お、王子**《おうじ》**っ!?**」

王子《おうじ》はツカツカと無言《むごん》で入《はい》ってくると、ミーティング用《よう》の長机《ながづくえ》にひじをおいて座《すわ》った。

じんわりと。

胸《むね》の中《なか》にあたたかい何《なに》かが流《なが》れこんでくる。

王子《おうじ》の顔《かお》を見《み》た瞬間《しゅんかん》、あたしはものすごい安堵感《あんどかん》に包《つつ》まれた。

自分《じぶん》の中《なか》で、王子《おうじ》がどのくらい心《こころ》の支《ささ》えになっていたかわかって、愕然《がくぜん》とする。

「王子《おうじ》、心配《しんぱい》してきてくれたの？　でも大丈夫《だいじょうぶ》。ここにいたら、王子《おうじ》の新聞部《しんぶんぶ》での立場《たちば》が悪《わる》くなる。あたしたちは最後《さいご》まであきらめないよ」

「そんな泣《な》きそうな顔《かお》で虚勢《きょせい》をはるな」

「新聞部《しんぶんぶ》を辞《や》めたくないのならば、ここにいてはいけないと思《おも》います」

「新聞部《しんぶんぶ》の自分《じぶん》のページは全部終《ぜんぶお》わらせてきた。文句《もんく》を言《い》われる筋合《すじあ》いはない」

そんなわけないよ。新聞部《しんぶんぶ》がゆるすはずない。

「……でも」

「いいんだ」

王子《おうじ》の覚悟《かくご》を決《き》めたような強《つよ》い口調《くちょう》に、あたしはドキッとする。

「──幼《おさな》なじみがこまってるのに、助《たす》けないワケにはいかないだろう。家族《かぞく》として」

ああ、王子《おうじ》は全部覚悟《ぜんぶかくご》して来《き》てくれたんだ。

「おまえはいつもみたいに、夢《ゆめ》にむかって突《つ》っ走《ぱし》ってればいい。俺《おれ》のことは考《かんが》えるな」

王子《おうじ》は本当《ほんとう》にいつも、ピンチのところを助《たす》けてくれるんだ。

あたしは王子《おうじ》としおりちゃんに背中《せなか》をむけて、ゴシゴシと制服《せいふく》のそでで涙《なみだ》をぬぐうと、気合《きあ》いを入《い》れてむき直《なお》った。

「王子《おうじ》には言《い》っておかなきゃだね。今日《きょう》部室《ぶしつ》に来《き》たら、できあがってた原稿《げんこう》が消《き》えてたの。うちの目玉記事《めだまきじ》の原稿《げんこう》は部室《ぶしつ》をでてすぐのところで見《み》つかったけど——燃《も》やされてた」

何度《なんど》も唇《くちびる》をかみしめながら、あたしがそう告《つ》げると、王子《おうじ》は少《すこ》しだけ苦《くる》しそうに目《め》をふせる。

「でも、トウマ先輩《せんぱい》の原稿《げんこう》は無事《ぶじ》だったから大丈夫《だいじょうぶ》!」

「あの原稿《げんこう》……かなり白《しろ》い原稿《げんこう》だったけどな」

ん? なんでトウマ先輩《せんぱい》の原稿《げんこう》の書《か》き足《た》しが少《すく》ないってこと、王子《おうじ》が知《し》ってるの?

まぁ、いつもアシスタントさせられてたから、わかるのか。

「エンマは特集《とくしゅう》ページを作《つく》り直《なお》すって言《い》って、でてっちゃった。だから信《しん》じて待《ま》ってみるよ」

「やめておけ」

「え?」

王子《おうじ》、なに言《い》ってるの?

「エンマがもどるまで製本《せいほん》もできなくなる。それは危険《きけん》な賭《か》けになる」

「でも! あたしはエンマを信《しん》じてるの!」

絶対《ぜったい》にエンマが、ミヤ先輩《せんぱい》の写真《しゃしん》をなんとかしてくれるって。

「ごかいするな。赤松《あかまつ》を信《しん》じるなとは言《い》ってない。写真《しゃしん》なら**グラビア付録《ふろく》**ってことにすればいい」

グッドアイディア！

付録《ふろく》があると、『雑誌《ざっし》』ならではのお得感《とくかん》があるし、インパクトが大《おお》きい！

「『スノー・プリンセス』の写真《しゃしん》は、川西《かわにし》にお願《ねが》いすれば、もう一度《いちど》貸《か》してもらえるだろう」

そっか！

暗《くら》やみに一筋《ひとすじ》の光《ひかり》がさす。

「シュークリームも、ひなこちゃんに言《い》って、もう一度《いちど》作《つく》ってもらえないか聞《き》いてみる！」

それを聞《き》いたしおりちゃんが、「わかりました」と大《おお》きくうなずく。

「あとは、グラビアのぶんのページを別《べつ》の企画《きかく》でうめればいいってことですね……」

「ただの企画《きかく》じゃない。グラビアの代《か》わりになるような――」

よおおおおおおおおおっし！　こうなったらやるしかない！

「企画《きかく》100本《ぽん》ノック！」　企画《きかく》が決《き》まるまで帰《かえ》らないつもり

でやってみる！」

しぼりだすんだ！　新《あたら》しい企画《きかく》を！


ホワイトボードが何度《なんど》も何度《なんど》も真《ま》っ黒《くろ》になるくらい、企画《きかく》を考《かんが》えて考《かんが》えて考《かんが》えるけど。

でもまったく決《き》まらない。

「——ずっと考《かんが》えてきたんだもん。そうあっさり思《おも》いつかないよね……」

「100本《ぽん》で決《き》まらないなら、200本《ぽん》考《かんが》えればいいだけだろ？」

うぎゃー！　王子様《おうじさま》！　なんて恐《おそ》ろしいことをサラッとおっしゃるの！

「新聞部《しんぶんぶ》との差《さ》は歴然《れきぜん》なんだ。おまえは物量《ぶつりょう》で戦《たたか》うしかないだろう」

「物量《ぶつりょう》って？　なんの？」

「努力《どりょく》の量《りょう》だよ」

さんざんビビらせてから、王子《おうじ》はスッと席《せき》をたつ。

「努力《どりょく》……まだ足《た》りないのでしょうか」

「相手《あいて》はエリート新聞部《しんぶんぶ》だからね。しかも新聞部《しんぶんぶ》だって、努力《どりょく》してるだろうし……」

エリート新聞部《しんぶんぶ》に勝《か》つには、『パーティー』はそれよりもっとがんばるしかない。

「王子《おうじ》は努力《どりょく》の鬼《おに》だよ。あるいみ努力《どりょく》のヘンタイさんだから。ぎゃっ！」

「俺《おれ》が聞《き》いてないと思《おも》って、なに悪口《わるくち》言《い》ってるんだ！　ヘンタイの総本山《そうほんざん》！」

努力《どりょく》の量《りょう》。

王子《おうじ》の言葉《ことば》が、心《こころ》の大切《たいせつ》な場所《ばしょ》に引《ひ》っかかる。

「それだ！　王子《おうじ》ありがとう！　新聞部《しんぶんぶ》に勝《か》つには、それだよ！」

あたしは思《おも》わず大《おお》きな声《こえ》をあげる。

「はあ？　たのむから人間《にんげん》の言葉《ことば》を話《はな》してくれ」

おっと！　またもや自分《じぶん》の世界《せかい》に入《はい》ってしまった。

「足《た》りないページを作《つく》り直《なお》しただけじゃ、新聞部《しんぶんぶ》に勝《か》てない」

あたし……気《き》づいちゃったんだ。

「勝負《しょうぶ》は明後日《あさって》だけど。……**ページ数《すう》を増《ふ》やそう**」

「**『ページ数《すう》を増《ふ》やす？**』」

しおりちゃんと王子《おうじ》が、すっとんきょうな声《こえ》をあげて目《め》を見開《みひら》く。

「さっきのグラビア付録《ふろく》みたいに、いまの『パーティー』は、まだ考《かんが》える余地《よち》があるんだよ」

それは、まだ本当《ほんとう》に面白《おもしろ》い雑誌《ざっし》になっていないってことだ。

それなら……。

「せっかくやり直《なお》すなら、前《まえ》よりもっと面白《おもしろ》い雑誌《ざっし》にしちゃおう！」

きっと、『パーティー』は、もっともっと面白《おもしろ》い雑誌《ざっし》になる。

「魅力的《みりょくてき》な企画《きかく》をひとつでも多《おお》く増《ふ》やせば、歴然《れきぜん》の差《さ》だって少《すこ》しは縮《ちぢ》まる」

前《まえ》の記事《きじ》は燃《も》えちゃったけど、負《ま》けっぱなしじゃ悔《くや》しい。

雑誌《ざっし》が燃《も》えたことによって、もっともっと面白《おもしろ》い雑誌《ざっし》になるんだったら。

悪夢《あくむ》のアクシデントですら、あたしたちにとって『**チャンス**』だったことになる。

あたしの提案《ていあん》に、王子《おうじ》はクスリと笑《わら》う。

「――やっぱり。おまえはすごいな……」

「ゆのさんは、**男《おとこ》の中《なか》の男《おとこ》**だと思《おも》います」

しおりちゃん、乙女心的《おとめごころてき》には複雑《ふくざつ》だけど、愛《あい》ある言葉《ことば》、ありがとう！

「そうですね。あれのおかげで勝《か》てたというためにも……作《つく》り直《なお》しますか」

「そうだな」

ふたりの言葉《ことば》に、じんわりと目頭《めがしら》が熱《あつ》くなる。

ふたりに、気持《きも》ちが届《とど》いた！

どれだけムチャなことをいってるかは、自分《じぶん》でもわかる。

それなのに、このふたりは、本当《ほんとう》にすごい!!

「ま、俺《おれ》はこいつのぶっとんだ提案《ていあん》になれっこだけど、銀野《ぎんの》はすごいな」

「ふふふ。ゆのさんは私《わたし》の使《つか》い魔《ま》です。魔女《まじょ》と使《つか》い魔《ま》は一心同体《いっしんどうたい》、そして友《とも》だちです」

『友《とも》だち』と告《つ》げるしおりちゃんが、少《すこ》しだけ照《て》れたようにはにかむ。

「そういえば、ゆのさんの小学校《しょうがっこう》時代《じだい》はどんな感《かん》じだったんですか？」

しおりちゃんの問《と》いかけに、王子《おうじ》が意地悪《いじわる》く笑《わら》った。

「調理実習《ちょうりじっしゅう》で料理酒《りょうりしゅ》に酔《よ》っ払《ぱら》って泣《な》きだした事件《じけん》とか色々《いろいろ》あるけど、どんなのが聞《き》きたい？」

「わあああああ。王子《おうじ》！　余計《よけい》なこと言《い》わないでえええ！」

王子《おうじ》はあたしの黒歴史《くろれきし》を全部《ぜんぶ》知《し》ってるからなぁ。幼《おさな》なじみって怖《こわ》い！

「だったら王子《おうじ》の秘密《ひみつ》だって暴露《ばくろ》するよ！」

「俺《おれ》にはおまえのような黒歴史《くろれきし》はない」

「黒歴史《くろれきし》って言《い》わないで！」

「ふふふ」

あたしたちのやりとりを見《み》て、しおりちゃんが笑《わら》う。

「ほえ？　どうしたの？」

「やはり、ふたりの**夫婦漫才《めおとまんざい》**は見《み》ていて楽《たの》しいなと思《おも》いまして」

「「**夫婦漫才《めおとまんざい》じゃない！**」」

「ほら、相変《あいか》わらず息《いき》もピッタリです――『パーティー』編集部《へんしゅうぶ》はこうじゃないと」

「ね、黒崎《くろさき》くん」とうながすと、しおりちゃんの言葉《ことば》に、王子《おうじ》が下《した》をむく。

本当《ほんとう》……ずっとこうやってみんなで雑誌《ざっし》を作《つく》れたら、どんなにいいだろう。

「黒歴史《くろれきし》で思《おも》いついた！　あたしがまわった全国《ぜんこく》のホラースポットの紹介《しょうかい》ってどうかな？」

ホラースポットと聞《き》いて、しおりちゃんが体《からだ》を前《まえ》に乗《の》りだす。

「例《たと》えば？」

「うーん。富士《ふじ》の樹海《じゅかい》で迷子《まいご》になったんだけど、そのとき見《み》つけたお寺《てら》の話《はなし》とか」

「――聞《き》いたことがあります。富士《ふじ》の樹海《じゅかい》の中《なか》には、地図《ちず》にないお寺《てら》が存在《そんざい》するって」

「ひえええっ、あれって地図《ちず》にないお寺《てら》だったの？　さらに怖《こわ》いんだけどっ」

「……いいかも」

「「え？」」

「ふたりの会話《かいわ》、聞《き》いてて面白《おもしろ》い。記事《きじ》にしてみたらどうだ？　対談《たいだん》かコラム的《てき》な感《かん》じで」

なるほど！

あたしの体験《たいけん》に、学園一《がくえんいち》の霊感少女《れいかんしょうじょ》・しおりちゃんが解説《かいせつ》をくわえてくれたら。

面白《おもしろ》いページになりそう！

「写真《しゃしん》や資料《しりょう》はママ……はやめて、ハルちゃんにお願《ねが》いすれば貸《か》してくれそうだし」

ママにたのんだら、いくら取《と》られるかわからない！

「決《き》まりだな」

やっぱりみんなで考《かんが》えるのってすごい。

ひとりじゃ思《おも》いつかなかった企画《きかく》が、３人集《にんあつ》まれば生《う》みだされる。

団体戦《だんたいせん》ってこーゆーことを言《い》うのかも。

かくしてその後《ご》の『パーティー』の名物企画《めいぶつきかく》になる『**ユウレイハンター・白石《しらいし》ゆの**』のコーナーが誕生《たんじょう》し、第《だい》１回《かい》『転校生《てんこうせい》、樹海《じゅかい》で迷子《まいご》になりました！』でスタートした。

そのほかにも新《あたら》しい企画《きかく》がいくつも生《う》まれてね。
『パーティー』2号《ごう》は、前回《ぜんかい》より8ページふえた24ページで完成《かんせい》した。
「――よしっ。これでいこう！」
決戦《けっせん》は明後日《あさって》。
自分《じぶん》たちの『面白《おもしろ》い』を集《あつ》めた、2号目《ごうめ》が完成《かんせい》した。
今《いま》の自分《じぶん》たちにできる全部《ぜんぶ》をだしきった。
だから「あのとき、ああしていれば…」という後悔《こうかい》だけはしなくてすむ。
天国《てんごく》のパパ、宝井《たからい》編集長《へんしゅうちょう》、みていてください。

さあ、パーティーのはじまり！
学園《がくえん》のみんなに、たくさんのハッピーを届《とど》けるんだ！

17 運命《うんめい》の投《とう》票《ひょう》日《び》

♪　ピンポンパンポーン　♪

「生徒会《せいとかい》よりお知《し》らせです。本日《ほんじつ》の放課後《ほうかご》、体育館《たいいくかん》にて新聞部《しんぶんぶ》と編集部《へんしゅうぶ》の勝負《しょうぶ》が行《おこな》われます。生《せい》徒《と》の皆《みな》さんに各部《かくぶ》が持《も》ちよった新聞《しんぶん》と雑誌《ざっし》を読《よ》んでもらい、投票《とうひょう》していただきます」

ついに決戦《けっせん》の火《ひ》ぶたがおとされた！

やるっきゃない！　天国《てんごく》のパパ、そして宝井《たからい》編集長《へんしゅうちょう》、みていてください！

「ちなみに『パーティー』編集部《へんしゅうぶ》には、アノ赤松円馬《あかまつえんま》くんも在籍《ざいせき》しています。あなたのあーんな秘密《ひみつ》やこーんな秘密《ひみつ》も暴露《ばくろ》されちゃってるかもしれません」

ザワッ。

教室中《きょうしつじゅう》の空気《くうき》がどよめき、一瞬《いっしゅん》でこおりつく。

「ゆのちゃん、いよいよだね」

「うん。もうひとふんばり。——行《い》ってくる」

「わたし、応援《おうえん》してるね」

サンキュー、ひなこちゃん。あたしは、教室《きょうしつ》にかかった時計《とけい》をじっと見《み》すえた。

——決戦開始《けっせんかいし》まであと1時間《じかん》。


「ほっ。けっこう人《ひと》が集《あつ》まってきた」

編集部《へんしゅうぶ》、新聞部《しんぶんぶ》、生徒会《せいとかい》のスタッフは一足先《ひとあしさき》に準備《じゅんび》をおわらせ、集《あつ》まっていた。

放課後《ほうかご》のチャイムと共《とも》に、ゾロゾロと生徒《せいと》たちが体育館《たいいくかん》へ集《あつ》まってきたのを確認《かくにん》し、一安心《ひとあんしん》。

それを見《み》た灰塚先輩《はいづかせんぱい》は、メガネのフチをくいっともちあげた。

「生徒会長《せいとかいちょう》、さすがです」

「いえいえ。私《わたし》はみなさんにお願《ねが》いしただけですから」

おだやかな笑《え》みをうかべる西園寺会長《さいおんじかいちょう》をみて、あたしは力《ちから》なく笑《わら》う。

「あれはお願《ねが》いっていうレベルじゃないくらいの、圧《あつ》がかかっていた気《き》がしますけど……」

「くだらん茶番《ちゃばん》はさっさと終《お》わらすぞ。全生徒《ぜんせいと》を集《あつ》めなくたって、勝負《しょうぶ》は目《め》にみえてる。部長《ぶちょう》も楽《たの》しみにしているからな。新聞部《しんぶんぶ》は絶対負《ぜったいま》けん」

「部長《ぶちょう》と話《はなし》ができたんですか？」

あたしのといかけに、灰塚先輩《はいづかせんぱい》は、「ああ」とふんぞりかえる。

「部長《ぶちょう》からはいつもボク宛《あて》にメールが届《とど》く。新聞部《しんぶんぶ》にとってそれは絶対《ぜったい》の意味《いみ》を持《も》つんだ」

「新聞部《しんぶんぶ》の部長《ぶちょう》って本当《ほんとう》にだれなんですかね……ぎゃー‼……」

あたしがつぶやくと灰塚先輩《はいづかせんぱい》の辞書《じしょ》がとんでくる。

「愚《おろ》か者《もの》。それをさとらせない絶対的《ぜったいてき》な実力者《じつりょくしゃ》だからこそ、新聞部《しんぶんぶ》の部長《ぶちょう》なのだ」

エンマさえ知《し》らない秘密《ひみつ》。この学園《がくえん》の秘密《ひみつ》。

「おしゃべりはここまでだ。みんなが来《く》るぞ」

「はい！」

入口《いりぐち》に立《た》って、新聞部《しんぶんぶ》が新聞《しんぶん》を、編集部《へんしゅうぶ》が雑誌《ざっし》を一部《ぶ》ずつ配《くば》る。

新聞部《しんぶんぶ》、編集部《へんしゅうぶ》と書《か》かれた紙《かみ》の貼《は》ってあるボードに、それぞれが「面白《おもしろ》い」と思《おも》ったほうを選《えら》んで星《ほし》を貼《は》っていき、星《ほし》の数《かず》が多《おお》いチームが勝利《しょうり》っていう、シンプルな戦《たたか》いだ。

「ゆのさん。エンマくんは？」

あたしは首《くび》を横《よこ》にふる。けっきょくエンマは製本《せいほん》に間《ま》に合《あ》わず、あれから一度《いちど》も見《み》ていない。

ミヤ先輩《せんぱい》も、いまだ連絡《れんらく》がとれず、音信不通《おんしんふつう》のままだ。

「うおおお。キタキタ、『やまかけ！　スペシャル』これが載《の》ってるなら、こっちに決《き》まりだな」

「あー。雑誌《ざっし》のほうは読《よ》まなくたってわかるよな！」

新聞《しんぶん》を手《て》にした男子《だんし》のひとりが、星《ほし》のシールを新聞部《しんぶんぶ》のボードに貼《は》りつける。

それが合図《あいず》になり、勝負《しょうぶ》のまくが開《あ》いた。

「うおおおお！『スノー・プリンセス』の続編《ぞくへん》のあらすじ紹介《しょうかい》!?　これマジかよ！」

センセーショナルな見《み》だしがおどる新聞部《しんぶんぶ》の記事《きじ》に、歓声《かんせい》があがる。

あたしも思《おも》わず新聞部《しんぶんぶ》の新聞《しんぶん》を確認《かくにん》すると――。

前《まえ》に灰塚先輩《はいづかせんぱい》から聞《き》いた記事《きじ》のほかに、

- **日本初《にっぽんはつ》だし！　昨年度《さくねんど》NO.《ナンバー》1《ワン》『スノー・プリンセス』続編情報《ぞくへんじょうほう》**
- **学食《がくしょく》メニュー紹介《しょうかい》&《アンド》特別《とくべつ》クーポン！**

なんてのが追加《ついか》されていた。クーポンは、創刊号《そうかんごう》でうちがやってた企画《きかく》だけど……。

「新聞部《しんぶんぶ》スペシャルスイーツ券《けん》」つきって！　はるかに豪華《ごうか》な内容《ないよう》だよ！

『スノー・プリンセス』の続編《ぞくへん》はうちでも掲載《けいさい》してるんだけど……。

新聞部《しんぶんぶ》のインパクトが強《つよ》すぎて、あまり目立《めだ》っていない。

灰塚先輩《はいづかせんぱい》の言《い》ってた『**見《み》だしの力《ちから》**』ってこれなのか。

編集部《へんしゅうぶ》　5個《こ》
新聞部《しんぶんぶ》　51個《こ》

三《み》ツ星学園《ぼしがくえん》の中等部《ちゅうとうぶ》は350名《めい》くらい。ぜんぜん勝負《しょうぶ》にならないよー！

「勝負《しょうぶ》あったな」

灰塚先輩《はいづかせんぱい》がメガネをぐいっとあげ、鼻《はな》で笑《わら》った。そのとき——。

「うそ!?　トウマ様《さま》のマンガがない!!」

新聞部《しんぶんぶ》の新聞《しんぶん》を読《よ》んでる女子《じょし》から、悲鳴《ひめい》があがる。

「トウマ様《さま》は新聞部《しんぶんぶ》だけに原稿《げんこう》を載《の》せるってファンクラブのサイトに書《か》いてあったのに！」

「**見《み》てみてっ、『パーティー』にはトウマ様《さま》のマンガが載《の》ってるわよ！　キャー！　キスシーン！**」

こ、小鳥《ことり》ちゃんたち！

「そうです。『パーティー』にはトウマ先輩《せんぱい》のマンガが載《の》ってます！」

あたしが思《おも》わず声《こえ》をはりあげると、女子《じょし》たちが急《いそ》いで『パーティー』を開《ひら》きはじめる。

「本当《ほんとう》だ！」「なんでこっちに載《の》ってるの!?」とどよめきがおきてるじゃないですか！

あれ？

新聞部《しんぶんぶ》の原稿《げんこう》は？

思《おも》わず紫村《しむら》さんを見《み》ると、ものすごい形相《ぎょうそう》でこちらを見《み》ている。

も、もしかして。

トウマ先輩《せんぱい》の『逃避《とうひ》』って、新聞部《しんぶんぶ》の原稿《げんこう》のこと!?

自分《じぶん》の思《おも》いいたった驚愕《きょうがく》の事実《じじつ》に、ぞっとする。

「トウマ先輩《せんぱい》ったら、接待《せったい》を受《う》けるだけ受《う》けまくっといて！　進行確認《しんこうかくにん》するたびに大丈夫《だいじょうぶ》って言《い》うから信《しん》じてたのに……1ページもやってないなんてえええええっ！」

やっ・て・な・い？

トウマ先輩《せんぱい》を見《み》つけると、こっちをむいてウィンクする。

ぎえ――っ。いつかやるだろうと思《おも》ってたけど、本当《ほんとう》におと

したんだ、この人《ひと》！（あ、『おとす』っていうのは、原稿《げんこう》が間《ま》に合《あ》わないってことね！）

同《おな》じ作家《さっか》の担当《たんとう》としては、明日《あす》はわが身《み》！　他人《ひと》ごとじゃないよ！

だって『担当《たんとう》が一瞬《いっしゅん》でも手綱《たづな》を緩《ゆる》めると、原稿《げんこう》がおちちゃう作家《さっか》☆』って証明《しょうめい》されたんだもん。

「あたしたちは『パーティー』に入《い》れるわ」

女子《じょし》たちが星《ほし》のシールを、編集部《へんしゅうぶ》のボードにつけはじめる。

ありがとうございます！　あたしは星《ほし》をつけてくれた人《ひと》たちに、いくども頭《あたま》を下《さ》げる。

編集部《へんしゅうぶ》　28個《こ》
新聞部《しんぶんぶ》　92個《こ》

星《ほし》の数《かず》はぜんぜんおよばないけれど。

でも名前《なまえ》も知《し》らない生徒《せいと》さんが気《き》に入《い》ってくれたってことが、本当《ほんとう》にうれしい。

「ねーねー。この『樹海《じゅかい》で迷子《まいご》』って本当《ほんとう》？」

雑誌《ざっし》を手《て》にしてきいてきた生徒《せいと》に、あたしは叫《さけ》ぶ。

「本当《ほんとう》です。あたし、ここに来《く》るまで全国《ぜんこく》のホラースポットまわってたので！」

「ぎゃああ。この心霊写真《しんれいしゃしん》、本物《ほんもの》かよ？　こええええ！」

「銀野《ぎんの》しおりが解説《かいせつ》してるぞ、全部《ぜんぶ》を知《し》ってるあたり、それも怖《こわ》いって」

もらうだけで、うちの雑誌《ざっし》を読《よ》んでなかった生徒《せいと》たちが、真剣《しんけん》に読《よ》みだす。

ガヤガヤとうるさかった体育館《たいいくかん》から声《こえ》が消《き》え、紙《かみ》をめくる音《おと》だけが聞《き》こえる。

しめ切《き》り時間《じかん》まであと20分《ぷん》。

ボードの星《ほし》の数《かず》はまだまだ届《とど》かない。

あせるあたしに「差《さ》は歴然《れきぜん》。貴様《きさま》たちの実力《じつりょく》はこんなものだ」と灰塚先輩《はいづかせんぱい》が声《こえ》をかけ、あたしは唇《くちびる》をかみしめる。

「約束時間《やくそくじかん》です。結果発表《けっかはっぴょう》をいたしましょうか。……勝敗《しょうはい》は一目瞭然《いちもくりょうぜん》ですが」

お願《ねが》いエンマ、早《はや》く来《き》て！

信《しん》じろと言《い》ってくれたエンマを、あたしは信《しん》じる。あたしが時間《じかん》を稼《かせ》がなきゃ！

「みなさん。聞《き》いてください！」

マイクも使《つか》わず、あたしは大声《おおごえ》でみんなに語《かた》りかけた。

「仲間《なかま》がつくった最後《さいご》のページがもうすぐ来《く》るはずなんです。あと少《すこ》しだけ……どうか待《ま》って頂《いただ》けないでしょうか？」

そういうやいなや、膝《ひざ》をつき、みんなにむかって頭《あたま》を下《さ》げる。

「困《こま》りましたねぇ。勝負《しょうぶ》は公平《こうへい》に判断《はんだん》しなければなりません。編集部《へんしゅうぶ》の都合《つごう》で時間《じかん》をのばすことなんてできかね――」

「いいよー」

会長《かいちょう》の言葉《ことば》をさえぎるように叫《さけ》んだのは、ひなこちゃんだ！

それに呼応《こおう》するように「僕《ぼく》も最後《さいご》の記事《きじ》を見《み》るまで判断《はんだん》できないな」「わたくし、今日《きょう》はほかに予定《よてい》ないし、もう少《すこ》し待《ま》ってあげてもよくってよ」って生徒《せいと》たちの声《こえ》がっ。

助《たす》け舟《ぶね》をだしてくれた声《こえ》の主《ぬし》は、いぜんお世話《せわ》になった演劇部《えんげきぶ》の涼風《すずかぜ》さんと、姫野《ひめの》さん。

親《した》しくなった演劇部《えんげきぶ》のメンバーたちが、勝負《しょうぶ》を知《し》って、駆《か》けつけてくれたんだ。

「困《こま》りましたね……」

考《かん》えこむ西園寺会長《さいおんじかいちょう》に、灰塚先輩《はいづかせんぱい》が声《こえ》をはる。

「西園寺会長《さいおんじかいちょう》。部活《ぶかつ》で外練習《そとれんしゅう》に行《い》っている生徒《せいと》たちもいます。新聞部《しんぶんぶ》は待《ま》ってもいいですよ」

えええ？　空耳《そらみみ》？　なんで灰塚先輩《はいづかせんぱい》が助《たす》けてくれるの!?

信《しん》じられないものをみるように灰塚先輩《はいづかせんぱい》をみると「ごかいするな」と冷《つめ》たくつきはなされる。

「相手《あいて》は格下《かくした》。その企画《きかく》がどれほどのものであっても、新聞部《しんぶんぶ》が負《ま》けることは万《まん》に一《ひと》つもない」

むぎゃー！　待《ま》ってくれる理由《りゆう》は最悪《さいあく》だけど!!

それでもいまは、希望《きぼう》の糸《いと》が途切《とぎ》れないことがありがたい。

「――わかりました。ではあと30分《ぷん》。下校《げこう》の時間《じかん》もありますから、18時《じ》で判定《はんてい》ですよ」

「ありがとうございます！」

エンマ、お願《ねが》いっ。間《ま》に合《あ》って！

15分《ふん》、20分《ぷん》、21分《ぷん》。

あたしがどんなに祈《いの》りをささげても、時計《とけい》の針《はり》は、歩《あゆ》みを止《と》めない。

「貴様《きさま》のところの腰《こし》ぬけ部員《ぶいん》、逃《に》げたんじゃないのか？」

「エンマは絶対《ぜったい》に逃《に》げたりしない！」

「ほう。なぜ断言《だんげん》できる」

「あたしは編集長《へんしゅうちょう》ですよ！　あたしがエンマを信《しん》じなくて、だれがエンマを信《しん》じるんですか！」

エンマは仲間《なかま》だ。世界中《せかいじゅう》のすべての人《ひと》があきらめても、あたしだけはエンマを信《しん》じなきゃ。

26分《ぷん》、27分《ふん》。28分《ぷん》、29分《ふん》――。

あと1分《ぷん》で18時《じ》になるっ！

天国《てんごく》のパパ、宝井《たからい》編集長《へんしゅうちょう》、お願《ねが》いっ！

パアアアアア────ッ。

ふいに体育館《たいいくかん》の２階《かい》の非常通路《ひじょうつうろ》に、一筋《ひとすじ》のスポットライトが当《あ》たる。

エ、エンマ！　間《ま》に合《あ》ったの!?

「レディース＆《アンド》ジェントルマン！　おまたせっ☆」

目《め》を細《ほそ》めて光《ひかり》の先《さき》を見《み》ると、そこにいたのは──。

「ト、トウマ先輩《せんぱい》!?」

「今日《きょう》は僕《ぼく》のために集《あつ》まってくれてありがとー！　『パーティー』のゲリラ企画《きかく》！　青木《あおき》トウマのライブスタート！　さぁ、小鳥《ことり》ちゃんたち！　思《おも》うぞんぶんさえずっておくれ♪」

キラッキラのステージ衣装《いしょう》を着《き》たトウマ先輩《せんぱい》が、激《はげ》しいダンスとともに、歌《うた》いだす！

「「「**キャアアああ！　トウマ様《さま》！　トウマ様《さま》ああああああ!!!**」」」

とつぜんのコンサートに、トウマ先輩《せんぱい》のファンたちが歓声《かんせい》をあげ、拳《こぶし》をふりあげはじめた。

体育館《たいいくかん》は一瞬《いっしゅん》にして、トウマ先輩《せんぱい》ワールドだよ！

「笑止《しょうし》！　貴様《きさま》の言《い》ってた特別企画《とくべつきかく》はこれか!!　もはや雑誌《ざっし》じゃないだろう！」

いえいえいえっ。

これはあたしも知《し》らなかった、トウマ先輩《せんぱい》の独断《どくだん》なんだってばーっ！

でも。あたしたちのために動《うご》いてくれたトウマ先輩《せんぱい》の気持《きも》ちが、本当《ほんとう》にうれしくって！

あたしは思《おも》わず涙《なみだ》ぐむ。

「トウマ先輩《せんぱい》！　ありがとうございます！」

トウマ先輩《せんぱい》がバチッとウィンクをし、曲《きょく》の合間《あいま》にパクパクと口《くち》を動《うご》かす。

ええっと——なになに……。

「セッタイ　ヨロ　ピク　☆」

なぬ!?　『**接待**《せったい》』ですと!?　はーっ。いっきにありがたみがなくなったよ！

「ここまで来《く》ると『パーティー』編集部《へんしゅうぶ》の必死《ひっし》さが、無様《ぶざま》に見《み》えてくる」

「無様《ぶざま》でもいいですよ。こっちはなりふりかまってられないんです！　だって編集部《へんしゅうぶ》が勝《か》つためには、チームワークと、努力《どりょく》の量《りょう》しかないんですから」

あたしがどんなにみっともなくても、笑《わら》われてもいい。

しおりちゃんとエンマが新聞部《しんぶんぶ》に行《い》っちゃうなんて、絶対《ぜったい》に嫌《いや》だよ。

「くだらん茶番《ちゃばん》も終《お》わる。祈《いの》りだけでは世界《せかい》が変《か》えられないことを学《まな》べ」

――ああ。音楽《おんがく》が終《お》わる。

でも最後《さいご》の最後《さいご》まで希望《きぼう》はすてない。すてちゃだめだ！

ぐっと拳《こぶし》をにぎりしめ前《まえ》をむくと――、

「**ちょっと待《ま》ったあああああああ！**」


歌《うた》い終《お》わりとほぼ同時《どうじ》に、体育館《たいいくかん》の入口《いりぐち》のほうから叫《さけ》び声《ごえ》がする。

「**エンマ！**」

エンマは手《て》に持《も》っていた紙《かみ》を、どんどん生徒《せいと》にくばりはじめる。

「おまたせしました。これが『パーティー』の本当《ほんとう》の目玉付録《めだまふろく》です！」

あたしとしおりちゃんもエンマたちのもとへ走《はし》りより、みんなに付録《ふろく》を手《て》わたしていく。

「これだけ茶番《ちゃばん》につき合《あ》わせて、つまらないものだったら――!?」

灰塚先輩《はいづかせんぱい》が手《て》わたされた付録《ふろく》を見《み》て、絶句《ぜっく》する。

「こ、こ、これは――う、美《うつく》しい……が**ジャージ!?**」

灰塚先輩《はいづかせんぱい》がグラビアの写真《しゃしん》に目《め》を奪《うば》われているころ、体育館《たいいくかん》の入口《いりぐち》には大勢《おおぜい》の人影《ひとかげ》が。

「おおーっ。まだ俺《おれ》ら、間《ま》に合《あ》う？」「早《はや》くくれよ！」

ドドドドドド！

トレーニングから帰《かえ》ってきた男子《だんし》たちは、付録《ふろく》と雑誌《ざっし》を見《み》ると、「なんじゃこりゃあああ！」

「うちの学校《がっこう》にこんな美人《びじん》いたか!?　いないよな!?」「なんでジャージ!?」と大興奮《だいこうふん》。

男子生徒《だんしせいと》が多《おお》いせいか、グラビアへの食《く》いつきがハンパないっ！

しかも記事《きじ》をじっくり読《よ》んでくれていた生徒《せいと》たちが、

「見《み》だしだけだと新聞部圧勝《しんぶんぶあっしょう》かと思《おも》ったけど、中身《なかみ》を読《よ》むと『パーティー』なかなかやるじゃん」

「おもしろかったー！　家《いえ》に帰《かえ》ってゆっくり読《よ》もう」

と、編集部《へんしゅうぶ》に星《ほし》のシールをつけはじめる。

ようやく、ようやく流《なが》れが、きた！

エンマの持《も》ってきてくれたものは、新《あら》たに撮《と》ったらしくジャージ姿《すがた》だけだけど。

それでも、この反応《はんのう》!!　こ、これならいけるかも！

男子《だんし》の反応《はんのう》に、紫村《しむら》さんが「この学園《がくえん》にあたしよりかわいい子《こ》がいるはずない——って嘘《うそ》でしょ？　どうして**ミアちゃん**がうちのジャージ着《き》てるのおおお!?」と歯《は》ぎしりする。

ミアという言葉《ことば》に、女子《じょし》たちが反応《はんのう》し、次々《つぎつぎ》に付録《ふろく》を取《と》りにやってくる。

「すごいっ、うちの学園《がくえん》のだっさいジャージを着《き》てても、すっごいかわいい！」

グラビアを手《て》にした生徒《せいと》たちは全員《ぜんいん》、ハイテンション！

ミア？　ミヤ先輩《せんぱい》なんだけど……って聞《き》きちがえた？

絶対《ぜったい》にバレないようにって言《い》われたのに、ミヤ先輩《せんぱい》ってバレちゃったの!?

「毛虫《けむし》っ。これはどーゆーことなのっ!?」

ブルブルと震《ふる》え、顔《かお》を真《ま》っ赤《か》にした紫村《しむら》さんがあたしにつかみかかる。

「どーゆーことって……。うちの学園《がくえん》の美少女《びしょうじょ》です」

「それじゃあ、**『ニコルル』のカリスマモデル、蒼井《あおい》ミア**がうちの学《がく》園《えん》の生徒《せいと》なの!?」

『ニコルル』のカリスマモデルっ!?

『ニコルル』っていったら、小中学生《しょうちゅうがくせい》の女《おんな》の子《こ》に大人気《だいにんき》のファッション雑誌《ざっし》。

あたしだって、名前《なまえ》くらい知《し》ってるよ！

いつのまにか体育館《たいいくかん》にあらわれたミヤ先輩《せんぱい》は、あたしと目《め》が合《あ》うと、パチリとウィンク。そして口止《くちど》めするように、「しーっ」と指《ゆび》をたてる。

「ねー、これ撮《と》りおろし!?……本当《ほんとう》にうちの学校《がっこう》で撮《と》ったの？」

「はいぃぃぃぃ」

迫力《はくりょく》に押《お》されてうなずくと、「ミアちゃんの写真《しゃしん》もあるなら、やっぱり『パーティー』に入《い》れる！」

生徒《せいと》たちが次々《つぎつぎ》と編集部《へんしゅうぶ》のボードに星《ほし》をつけかえる。

「みなさん、静粛《せいしゅく》に。まだ投票《とうひょう》していない生徒《せいと》のみなさんはすみやかに投票《とうひょう》を」

これなら勝《か》てるかも!?

目《め》の前《まえ》が明《あか》るくなったそのとき。

灰塚先輩《はいづかせんぱい》がメガネをくいっと持《も》ちあげてから、まっすぐ右手《みぎて》をあげる。

「会長《かいちょう》は勝負《しょうぶ》の延長《えんちょう》はおみとめになりましたが、星《ほし》のつけかえはみとめていませんよね？」

「！」

「そうですね。せっかくエンマくんが奮闘《ふんとう》してくださったんですもの。追加《ついか》ページはみとめますが、新聞部《しんぶんぶ》の言《い》うとおり、星《ほし》のつけかえまではみとめられません」

灰塚先輩《はいづかせんぱい》と西園寺会長《さいおんじかいちょう》の言葉《ことば》に、エンマが鼻歌《はなうた》を歌《うた》うように上機嫌《じょうきげん》で笑《わら》った。

「けけけ。ちょっと待《ま》てよ、生徒会長《せいとかいちょう》サマ。こっちはもっと大《おお》きなネタをみつけてきてるんだ。

それをみてから決《き》めてくれよ」

エンマが西園寺会長《さいおんじかいちょう》にむかってそう言《い》うと、赤《あか》いスマホの送信《そうしん》ボタンをポチリと押《お》したのが、みえた。

その瞬間《しゅんかん》、西園寺会長《さいおんじかいちょう》の胸《むね》ポケットがブブブと振動《しんどう》する。

「**スクープ！――――**」

西園寺会長《さいおんじかいちょう》はスマホの画面《がめん》を凝視《ぎょうし》したとたん、一瞬《いっしゅん》瞳孔《どうこう》が開《ひら》く。

スマホをポケットにしまった会長《かいちょう》は、ふたたびマイクを手《て》にし、優雅《ゆうが》に笑《わら》う。

「――最近《さいきん》の雑誌《ざっし》には付録《ふろく》がつくのがあたりまえですからね。**星《ほし》のつけかえを許可《きょか》します**。最終《さいしゅう》ジャッジは5分後《ふんご》に発表《はっぴょう》します。生徒《せいと》のみなさん、熟考《じゅっこう》を」

「「やったー！」」

あたしとしおりちゃんは抱《だ》き合《あ》ってよろこぶ！

……いつもは神父《しんぷ》さんのように穏《おだ》やかな会長《かいちょう》の顔《かお》が、ゆがんで見《み》えたのは気《き》のせい？

「それでは。集計《しゅうけい》をはじめます」

「神様《かみさま》。お願《ねが》いします。おやつもガマンします。もう二度寝《にどね》もしません」

だから！　だからどうか勝《か》たせてください。

「集計《しゅうけい》の結果《けっか》がでましたー」

編集部《へんしゅうぶ》　１６５個《こ》
新聞部《しんぶんぶ》　１６５個《こ》

その数《かず》、同票《どうひょう》！


あたしたちの顔《かお》がイッキに青《あお》ざめる。

せっかくここまできたけど、この勝負《しょうぶ》どうなっちゃうの⁉

「素晴《すば》らしい奇跡《きせき》です」

西園寺会長《さいおんじかいちょう》は、パチパチパチパチと手《て》をたたき、エレガントに笑《わら》う。

「ゲームは終了《しゅうりょう》。感動的《かんどうてき》な追《お》い上《あ》げを見《み》せてくださった編集部《へんしゅうぶ》のみなさん、ごくろうさまです」

せっかくエンマが間《ま》に合《あ》わせてくれたのに。

みんなも笑《わら》ってくれてるのに！

「同票《どうひょう》だとあたしたち、どうなるんでしょうか？」

「銀野《ぎんの》さんや赤松《あかまつ》くんの移籍《いせき》はなくなりますが、部活昇格《ぶかつしょうかく》にかんしては雪村先生《ゆきむらせんせい》がおっしゃったように来年《らいねん》の4月《がつ》に改《あらた》めて申請《しんせい》してください」

しおりちゃんやエンマが新聞部《しんぶんぶ》に取《と》られなかったのは、心《こころ》の底《そこ》からよかった！

でも次号《じごう》を作《つく》るまでに、またすごく時間《じかん》が空《あ》いちゃうよ。

「**待《ま》ってください！**」

西園寺会長《さいおんじかいちょう》が閉会《へいかい》の宣言《せんげん》をしようとすると、ひとりの男子《だんし》が大《おお》きな声《こえ》で手《て》をあげる。

体育館《たいいくかん》にいた全生徒《ぜんせいと》が、声《こえ》の主《ぬし》にたどりつくと――、

「おまえ、川西《かわにし》！」

おっとりした雰囲気《ふんいき》の少年《しょうねん》は、あたしたちにむかってぎこちなく笑《わら》う。

「ここに集《あつ》まっているみんなに、聞《き》いてもらいたいことがあります」

意《い》を決《けっ》したようにマイクを取《と》ると、川西部長《かわにしぶちょう》は閉《と》じた瞳《ひとみ》をもう一度《いちど》ひらいた。

「新聞《しんぶん》に載《の》ってる『スノー・プリンセス』の続編《ぞくへん》のあらすじ、**あれはウソです**」

「えええええええっ!?」

川西部長《かわにしぶちょう》の衝撃告白《しょうげきこくはく》に、体育館《たいいくかん》がどよめく。

「僕《ぼく》らが予想《よそう》した続編《ぞくへん》の内容《ないよう》が、新聞部《しんぶんぶ》の記事《きじ》として載《の》るって知《し》って、掲載《けいさい》をやめてほしいってお願《ねが》いしたんだけど、新聞部《しんぶんぶ》はまったく取《と》り合《あ》ってくれなくて……」

川西部長《かわにしぶちょう》によると、ちょうど映画研究部《えいがけんきゅうぶ》のみんなと『スノー・プリンセス2《ツー》』のあらすじの予《よ》想《そう》をしてたら、新聞部《しんぶんぶ》があらわれたんだって。

そこであらすじ予想《よそう》を披露《ひろう》すると、新聞部《しんぶんぶ》は「スクープだ」って言《い》って消《き》えちゃったみたい。

「では『パーティー』の情報《じょうほう》も、まがいものだというわけだな」

声《こえ》を荒《あら》らげる灰塚先輩《はいづかせんぱい》の言葉《ことば》に、川西部長《かわにしぶちょう》は首《くび》を横《よこ》にふる。

「いいえ。『パーティー』に載《の》っていた『スノー・プリンセス2《ツー》』の情報《じょうほう》は、許可《きょか》をとってもらった正式《せいしき》なもので、本物《ほんもの》です」

川西部長《かわにしぶちょう》の言葉《ことば》に、灰塚先輩《はいづかせんぱい》が目《め》をむく。

川西部長《かわにしぶちょう》は緊張《きんちょう》を解《と》きほぐすように、大《おお》きく呼吸《こきゅう》をしてからふたたびマイクをにぎりしめる。

「しかも……掲載《けいさい》されている写真《しゃしん》は『パーティー』が初《はつ》だしです」

どよっ。

衝撃的《しょうげきてき》な言葉《ことば》に、体育館《たいいくかん》の生徒《せいと》たちがどよめく。

「川西部長《かわにしぶちょう》！　それ、言《い》っちゃっていいんですか!?」

だって。それを言《い》ったら、部長《ぶちょう》や部長《ぶちょう》のお父《とう》さんたちがこまっちゃうんじゃないんですか？

「大丈夫《だいじょうぶ》。まさにこの時間《じかん》に、テレビで同《おな》じ情報《じょうほう》が公開《こうかい》されたから」

書《か》かないでくれてありがとう、と川西部長《かわにしぶちょう》は笑《わら》う。

「川西部長《かわにしぶちょう》。ありがとうございます。でもどうして告白《こくはく》してくれたんですか？」

「『パーティー』は読者《どくしゃ》だけでなく、関《かか》わった人《ひと》すべてが幸《しあわ》せになる、そんな雑誌《ざっし》なんだろう？」

「はいっ。読《よ》んでくれる人《ひと》たちを照《て》らすおひさまみたいな雑誌《ざっし》にしたいんです！」

天国《てんごく》のパパたちが作《つく》っていたような、みんなに勇気《ゆうき》をくれる雑誌《ざっし》を作《つく》りたい。

たとえとちゅうでケンカをしたり、つらくて泣《な》きそうになったりしても。

その先《さき》に見《み》える夜明《よあ》けは絶対《ぜったい》にキレイだから。

そんな勇気《ゆうき》がでる雑誌《ざっし》を作《つく》りたいんだ。

「編集部《へんしゅうぶ》は目玉記事《めだまきじ》になるにもかかわらず、その理念《りねん》のために情報《じょうほう》は載《の》せないでくれました。僕《ぼく》はそんな雑誌《ざっし》に勝《か》ってほしい。――以上《いじょう》です」

そう言《い》うと、川西部長《かわにしぶちょう》は自分《じぶん》の胸《むね》につけていた星《ほし》を、編集部《へんしゅうぶ》へと貼《は》りつけた。

編集部《へんしゅうぶ》　166個《こ》

新聞部《しんぶんぶ》　165個《こ》

うおおおおおおっ。

状況《じょうきょう》が飲《の》みこめない。

ももも、もしかして、これってまさかの**逆転勝《ぎゃくてんが》ち!?**

川西部長《かわにしぶちょう》の告白《こくはく》を聞《き》いていた西園寺会長《さいおんじかいちょう》は、新聞部《しんぶんぶ》のメンバーをみた。

「新聞部《しんぶんぶ》のみなさん。彼《かれ》はこうおっしゃってますが、三《み》ツ星学園《ぼしがくえん》の新聞記事《しんぶんきじ》に、まさか裏《うら》づけを取《と》らずに掲載《けいさい》されてるものがある……なんてことありませんよね？」

その声《こえ》のするどさに、あたしまで身体《からだ》をすくめてしまう。

カンペキな会長《かいちょう》の笑顔《えがお》に、新聞部《しんぶんぶ》の映画記事担当者《えいがきじたんとうしゃ》は真《ま》っ青《さお》になって膝《ひざ》をついた。

「――そういうことなら。あたしの星《ほし》、『パーティー』につけかえる！」

「俺《おれ》も俺《おれ》も！」

「トウマ様《さま》のライブもステキだったし！」

「雑誌《ざっし》がつづけば、またミアちゃんの情報《じょうほう》がわかるかもしれないしなっ！」

「次《つぎ》も楽《たの》しみにしてるぞー、『パーティー』編集部《へんしゅうぶ》！」

最初《さいしょ》の生徒《せいと》をかわきりに、新聞部《しんぶんぶ》に星《ほし》をつけていた生徒《せいと》たちが、続々《ぞくぞく》と編集部《へんしゅうぶ》に星《ほし》をつけかえはじめた。

今度《こんど》は生徒会長《せいとかいちょう》も灰塚先輩《はいづかせんぱい》もなにも言《い》わず、その様子《ようす》をながめているだけだった。

「――勝負《しょうぶ》あったようですね」

そういった生徒会長《せいとかいちょう》は、こごえるような冷《つめ》たい声《こえ》だったけど、気《き》のせいかな？

「編集部《へんしゅうぶ》の勝利《しょうり》！　特別《とくべつ》に今日《きょう》から正式《せいしき》な三《み》ツ星学園《ぼしがくえん》の部活《ぶかつ》として認定《にんてい》します」

やったー！

天国《てんごく》のパパ、宝井編集長《たからいへんしゅうちょう》。やったよ！

あたしたち、正式《せいしき》な部活《ぶかつ》になりました！

「ゆのさん！　やりましたね！」

「けけけ。あぶなかったぜ」

しおりちゃんと抱《だ》き合《あ》い、エンマとハイタッチをすると、西園寺会長《さいおんじかいちょう》が前《まえ》にやってくる。

「――が。最後《さいご》に。この場《ば》で、白石《しらいし》さんに確認《かくにん》したいことがあります」

確認《かくにん》？　イヤな予感《よかん》に手《て》のひらがじんわり汗《あせ》ばむ。

「三《み》ツ星学園《ぼしがくえん》の部活《ぶかつ》は4名以上《めいいじょう》でないと、部活《ぶかつ》とは承認《しょうにん》されないことはご存《ぞん》じですよね」

えええええっ。そうなの!?　知《し》らなかった！

ですから……と西園寺会長《さいおんじかいちょう》は花《はな》のように笑《わら》う。

「今《いま》ここで4名《めい》の名前《なまえ》をこたえてください。それをもって正式《せいしき》に部活《ぶかつ》として承認《しょうにん》します」

な・ん・で・す・と――――！

だって正式《せいしき》な部員《ぶいん》は、あたしと、しおりちゃんとエンマ。３人《にん》しかいないんだもん。

これじゃあ勝負《しょうぶ》に勝《か》っても、部活《ぶかつ》に昇格《しょうかく》できないよ！

どうしよう。なにか答《こた》えなきゃ。でも言葉《ことば》が見《み》つからないよ！

「白石《しらいし》ゆのを部長《ぶちょう》とし、赤松円馬《あかまつえんま》、銀野《ぎんの》しおり、黒崎旺司《くろさきおうじ》の計《けい》４名《めい》です」

イキナリすっと流《なが》れるような動《うご》きで手《て》をあげ、すらりと答《こた》える王子《おうじ》の言葉《ことば》に、あたしたちは目《め》を見開《みひら》く。

「黒崎《くろさき》。貴様《きさま》、本当《ほんとう》に裏切《うらぎ》るのか」

灰塚先輩《はいづかせんぱい》が、憎悪《ぞうお》のまなざしで王子《おうじ》をにらむ。

「では……黒崎《くろさき》くんは新聞部《しんぶんぶ》を退部《たいぶ》し、編集部《へんしゅうぶ》に入部《にゅうぶ》する、そういうことですね」

西園寺会長《さいおんじかいちょう》の言葉《ことば》に、紫村《しむら》さんが「そんなの、いやああっ」と顔《かお》を覆《おお》って泣《な》きだす。

「それはダメです！」

言葉《ことば》を発《はっ》しようとする王子《おうじ》を右手《みぎて》でさえぎり、あたしは会長《かいちょう》を見据《みす》える。

「王子《おうじ》はうちの部員《ぶいん》じゃありません。**編集部《へんしゅうぶ》は銀野《ぎんの》しおり、赤松円馬《あかまつえんま》、わたしの３名《めい》です**」

「ばかっ。おまえ、なに言《い》ってる！　今《いま》までのことがぜんぶみずの泡《あわ》になるんだぞ」

「王子《おうじ》はだまってて！」

あたしのすごい剣幕《けんまく》に、王子《おうじ》が気《け》おされる。

「3名《めい》では部活《ぶかつ》には昇格《しょうかく》できないですが、よろしいですね？」

あたしは唇《くちびる》をかみしめると、目《め》をとじコクリとうなずいた。

ここに来《き》て、部員《ぶいん》の人数《にんずう》が足《た》りなかっただなんて……。

最初《さいしょ》に確認《かくにん》すればよかったんだ。

チャンスをものにできなかったのは、全部《ぜんぶ》あたしのせいだ。

「白石《しらいし》。ボクが貴様《きさま》の力《ちから》を見誤《みあやま》っていたことはみとめよう」

灰塚先輩《はいづかせんぱい》の言葉《ことば》に、あたしは思《おも》わず顔《かお》をあげる。

「貴様《きさま》は、バカで誤植女王《ごしょくじょおう》のくせに、人《ひと》の気持《きも》ちを動《うご》かす力《ちから》を持《も》っているのだな」

あたしは、つけかえられた星《ほし》を見《み》つめ、小《ちい》さく首《くび》をふる。

「あたしの力《ちから》じゃありません。これが雑誌《ざっし》の、『パーティー』の力《ちから》です」

「今後《こんご》は貴様《きさま》らを好敵手《こうてきしゅ》とする。だがな、次《つぎ》は必《かなら》ずたたきつぶす」

灰塚先輩《はいづかせんぱい》はそういうと、今度《こんど》は王子《おうじ》にむき直《なお》った。

「そして黒崎《くろさき》。――いや、裏切《うらぎ》り者《もの》とでも呼《よ》ぼうか」

王子《おうじ》はだまって灰塚先輩《はいづかせんぱい》をみつめる。

「貴様《きさま》が編集部《へんしゅうぶ》に手《て》を貸《か》し、新聞部《しんぶんぶ》に甚大《じんだい》な被害《ひがい》をもたらした。部長《ぶちょう》から退部命令《たいぶめいれい》のメールがいま届《とど》いた。――部室《ぶしつ》の荷物《にもつ》をまとめておけ」

「――わかりました」

「そんな！　王子《おうじ》が新聞部《しんぶんぶ》をクビになるなんて絶対《ぜったい》ダメです！」

「黒崎《くろさき》の処遇《しょぐう》を決《き》めるのは新聞部部長《しんぶんぶぶちょう》だ。われわれが意見《いけん》できるものではない」

あたしのせいで、王子《おうじ》が退部《たいぶ》しなくちゃいけなくなるなんて、絶対《ぜったい》に嫌《いや》だ！

「王子《おうじ》にあたしが無理《むり》やりたのんだんです！　だから王子《おうじ》は悪《わる》くありません」

「ちがう。俺《おれ》が自分《じぶん》から進《すす》んで手伝《てつだ》ったんだ」

王子《おうじ》、こんなときでもあたしのことをかばうの？

ジワッと涙《なみだ》がにじみでて、視界《しかい》がかすむ。

王子《おうじ》に守《まも》られてばっかりなんて、絶対《ぜったい》に嫌《いや》だ！

今度《こんど》はあたしが。絶対《ぜったい》に王子《おうじ》を守《まも》るから！

18 ずっと一緒《いっしょ》にいたいから

「そんなに力《ちから》いっぱい手《て》をひっぱんなよ」

あたしは学校内《がっこうない》にある非常階段《ひじょうかいだん》に王子《おうじ》を強引《ごういん》に連《つ》れてきた。

ここは王子《おうじ》が教《おし》えてくれた、とっておきの秘密基地《ひみつきち》なんだ。

「今度《こんど》はあたしが逃《に》がさないから。正直《しょうじき》にこたえて」

ビシッと王子《おうじ》にひとさし指《ゆび》をむける。

「いい？　これからひとつでも嘘《うそ》ついたら、針《はり》千本《ぼん》飲《の》ませて絶交《ぜっこう》するからね！」

「針《はり》千本《ぼん》に絶交《ぜっこう》って、小学生《しょうがくせい》か」

王子《おうじ》のちゃちゃにはこたえず、あたしは深呼吸《しんこきゅう》をしてから王子《おうじ》に告《つ》げる。

「王子《おうじ》がいなくなってわかった。『パーティー』には、やっぱり王子《おうじ》が必要《ひつよう》なの」

「おまえ、メチャクチャ。さっき新聞部《しんぶんぶ》にもどれって言《い》ってたじゃないか」

そうだよ。だってエンマと話《はな》してたのを聞《き》いちゃったんだもん。

「――いいから聞《き》いて」

あたしの真剣《しんけん》さに気《け》おされ、王子《おうじ》はむぐっと口《くち》をつぐむ。

その目《め》。あたしの話《はなし》を聞《き》き漏《も》らさないように、聞《き》いてくれている目《め》だ。

王子《おうじ》の優《やさ》しさにあたしはうっかり涙《なみだ》ぐみそうになる。

「あたし……ううん、編集部全員《へんしゅうぶぜんいん》が、王子《おうじ》と雑誌《ざっし》を作《つく》りたいって思《おも》ってる」

王子《おうじ》は苦《くる》しそうな顔《かお》をする。

「でも…王子《おうじ》には新聞部《しんぶんぶ》でやりたい目標《もくひょう》があるんだから、新聞部《しんぶんぶ》は絶対《ぜったい》に辞《や》めちゃダメ」

「……ゆの」

あたしは、はりつめた空気《くうき》を断《た》ち切《き》るように、ほほ笑《え》む。

「前《まえ》に王子《おうじ》、言《い》ってたよね。新聞部《しんぶんぶ》はほかの部活《ぶかつ》とのかけもちは許《ゆる》されないって」

この前《まえ》、増刊号《ぞうかんごう》を作《つく》ったときに王子《おうじ》がそう言《い》ってたのを、おぼえてたんだ。

「ああ。そうだ」

「じゃあ規則《きそく》とかをナシにして考《かんが》えてみて。王子《おうじ》は『パーティー』を、どう思《おも》ってる？」

「意味《いみ》のない質問《しつもん》だ。ルールはすでに存在《そんざい》する。それにしたがうのが大人《おとな》だろう」

「ルールが必要《ひつよう》なのはわかる」

人《ひと》を危険《きけん》から守《まも》ったりするために、確《たし》かにルールは必要《ひつよう》だ。

でも、新聞部《しんぶんぶ》のかけもちがダメな理由《りゆう》は、だれも知《し》らない。

もしも理由《りゆう》がただ『決《き》まり』とか『伝統《でんとう》』なだけなら、あたしは戦《たたか》いたい。

あたしは意《い》を決《けっ》したように、王子《おうじ》をもう一度《いちど》強《つよ》く見《み》つめた。

「王子《おうじ》があたしと同《おな》じ気持《きも》ちなら、あたしはそのルールを変《か》えられないか考《かんが》えてみたいの。王子《おうじ》は、そのくらい『パーティー』にとって、大事《だいじ》な人《ひと》なの」

「かけもちできないなら、正当《せいとう》な理由《りゆう》がわからないあいだは、変《か》える努力《どりょく》をしておきたい」

あたしの真剣《しんけん》な言葉《ことば》を聞《き》いた王子《おうじ》は、クククと笑《わら》いだす。

「な、なによ」

「強欲《ごうよく》のかたまりだよな。本当《ほんとう》、ヘンタイ」

ひとしきり笑《わら》ったあと、王子《おうじ》はまっすぐあたしを見据《みす》えた。

「――**俺《おれ》もいっしょに雑誌《ざっし》を作《つく》りたい。おまえと**」

ようやく聞《き》けた。王子《おうじ》の本心《ほんしん》。

「ばか、泣《な》くなって」

「泣《な》いてないって。汗《あせ》！　汗《あせ》だから！」

あたしはブレザーのそでで、ぐいっと涙《なみだ》をぬぐうと、王子《おうじ》に宣言《せんげん》する。

「それじゃあ編集部部長《へんしゅうぶぶちょう》として、黒崎《くろさき》くんのかけもちを新聞部《しんぶんぶ》にお願《ねが》いしてきます！」

「それでダメなら？」

「また別《べつ》の手立《てだ》てを考《かんが》える！　王子《おうじ》が同《おな》じ気持《きも》ちだってわかったから。あたし無敵《むてき》だよ」

「――かなわないよ、おまえには」

それからあたしは新聞部《しんぶんぶ》へ行《い》き、王子《おうじ》のパーティー編集部《へんしゅうぶ》かけもちの嘆願書《たんがんしょ》を提出《ていしゅつ》することにした。


ダダダダダダダダッ。


とりあえず動《うご》いちゃったけど、新聞部部長《しんぶんぶぶちょう》の正体《しょうたい》はわからないままだった！

ここからが、あたしの仕事《しごと》！

ハッピーエンドは自分《じぶん》でもぎとってやるんだから！


ガラリ。


新聞部《しんぶんぶ》の部室《ぶしつ》のドアをあけると、顔《かお》をおおって紫村《しむら》さんが泣《な》いていた。

紫村《しむら》さんって本当《ほんとう》に、王子《おうじ》のことが好《す》きなんだなぁ。

「黒崎《くろさき》くんは、次期《じき》新聞部《しんぶんぶ》の部長候補《ぶちょうこうほ》って言《い》われるくらいなのよ。王子様《おうじさま》を返《かえ》して！」

王子《おうじ》のことを心《こころ》の底《そこ》から心配《しんぱい》している紫村《しむら》さんが、かわいくみえる。

怖《こわ》いだけの存在《そんざい》だった紫村《しむら》さんだけど、いまなら近《ちか》づけるような気《き》がする。

「紫村《しむら》さん。泣《な》いてるだけじゃ、なにも変《か》わらないよ」

「！」

涙《なみだ》をぬぐう紫村《しむら》さんに一縷《いちる》の望《のぞ》みをたくし、あたしは彼女《かのじょ》にかけ寄《よ》る。

「お願《ねが》い、紫村《しむら》さん。力《ちから》を貸《か》して。王子《おうじ》が新聞部《しんぶんぶ》を退部《たいぶ》にならないようにしたいの」

「毛虫《けむし》……どういうこと？」

あたしは王子《おうじ》の新聞部《しんぶんぶ》と編集部《へんしゅうぶ》をおもう気持《きも》ちを紫村《しむら》さんに話《はな》し、最後《さいご》にこうつげた。

「新聞部《しんぶんぶ》の部長《ぶちょう》のことを教《おし》えて。かけもちできるよう嘆願書《たんがんしょ》をわたしてくる」

あたしの必死《ひっし》の訴《うった》えに、紫村《しむら》さんがつめをかむ。

「部長《ぶちょう》のことは本当《ほんとう》に知《し》らないの……でも」

「でも？」

「生徒会長《せいとかいちょう》はご存《ぞん》じじゃないかしら？　この学校《がっこう》でいちばんえらい生徒《せいと》なんだし」

「西園寺会長《さいおんじかいちょう》に聞《き》く手《て》があったか！　紫村《しむら》さん、ありがとう！」

ぐるりとU《ユー》ターンしようとすると――。

「待《ま》って」

紫村《しむら》さんに呼《よ》び止《と》められる。

「これはあたしたち新聞部《しんぶんぶ》の問題《もんだい》でもある。新聞部《しんぶんぶ》に黒崎《くろさき》くんが必要《ひつよう》って嘆願書《たんがんしょ》を明日《あした》までに集《あつ》めるわ」

紫村《しむら》さんは、「本当《ほんとう》は今日中《きょうじゅう》にしたいんだけど、帰《かえ》っちゃった部員《ぶいん》もいるし」と、舌打《したう》ちする。

「ありがとう。紫村《しむら》さん」

「お礼《れい》は不要《ふよう》。毛虫《けむし》のためじゃない、黒崎《くろさき》くんのためだから」


次《つぎ》の日《ひ》。

紫村《しむら》さんは灰塚先輩《はいづかせんぱい》以外《いがい》のメンバーの嘆願書《たんがんしょ》を集《あつ》めてきた。

「皆《みな》さん、ありがとうございます！　おあずかりします」

さすが、新聞部《しんぶんぶ》。仕事《しごと》が早《はや》いよ！

一礼《いちれい》して部室《ぶしつ》をでると、灰塚先輩《はいづかせんぱい》とぶつかる。

「あわただしいな。貴様《きさま》は」

「すすす、すみません！　ちょっと急《いそ》いでいるので失礼《しつれい》しますっ」

「静止《せいし》！　きをつけ!!」

灰塚先輩《はいづかせんぱい》の号令《ごうれい》に、あたしは思《おも》わず姿勢《しせい》を正《ただ》して直立《ちょくりつ》する。

「――貴様《きさま》にわたしておくものがある」

「請求書《せいきゅうしょ》はご勘弁《かんべん》を！」

その話《はなし》はあとで、ちゃんと聞《き》きますから！（涙《なみだ》）

灰塚先輩《はいづかせんぱい》から手《て》わたされたものを見《み》ると――。

「ぎゃあああああああ。なんですか、これは!?」

『パーティー』2号《ごう》が、赤《あか》ペン先生《せんせい》のチェックで赤《あか》く染《そ》まってるんですが！

「今回《こんかい》の赤字《あかじ》だ。しっかり読《よ》んで反省《はんせい》しろ！」

「はいいいぃぃぃ。ありがとうございます。それか

ら……これは？」

もうひとつをおひさまにかざして中《なか》を見《み》ようとすると、「こら！」と止《と》められる。

「――それはボクの分《ぶん》の嘆願書《たんがんしょ》だ。もっていけ」

ぶっきらぼうに告《つ》げる灰塚先輩《はいづかせんぱい》の目《め》を、あたしはマジマジとのぞきこむ。

「――なにか文句《もんく》があるなら、回収《かいしゅう》するが？」

「いえっ。ありがとうございました！　ありがたくおあずかりします！」

「図《ず》にのるな！　これ以上《いじょう》、誤植《ごしょく》だらけの雑誌《ざっし》をまきちらされたら迷惑《めいわく》だからな」

それでも、灰塚先輩《はいづかせんぱい》の気持《きも》ちにあたしは心《こころ》の底《そこ》から頭《あたま》を下《さ》げ、生徒会室《せいとかいしつ》へとむかうのだった。


「白石《しらいし》ゆの」

だれかに呼《よ》ばれた声《こえ》がしてキョロキョロとあたりを見回《みまわ》すと、木《き》の上《うえ》にエンマが。

「ぎゃっ。アンタなんつーところにいるの」

エンマはニヤリと笑《わら》うと、ねこみたいに軽々《かるがる》と着地《ちゃくち》した。

「ひとつ、確認《かくにん》しておきたいことがあるんだけどよ」

「急《いそ》いでるから！　ちゃっちゃとして！　ちゃっちゃと！」

「――オマエにとってオレ様《さま》ってなんだ？」

エンマが発《はっ》した言葉《ことば》の真意《しんい》がわからず、あたしはキョトンとする。

エンマはあたしにとって、大事《だいじ》な『パーティー』編集部《へんしゅうぶ》の部員《ぶいん》で仲間《なかま》で……。

でもエンマが求《もと》めている言葉《ことば》は、そんなわかりきったことじゃない気《き》がする。

あたしは息《いき》をととのえ、エンマが自分《じぶん》にとってどんな存在《そんざい》かという質問《しつもん》と誠実《せいじつ》にむきあう。

わかった。エンマがなにかと聞《き》かれたら、これしかない！

「――**救世主《きゅうせいしゅ》！**」

ビシッとひとさし指《ゆび》をむけ、あたしは断言《だんげん》した。

「アンタは『パーティー』編集部《へんしゅうぶ》の救世主《きゅうせいしゅ》だよ！」

今回《こんかい》の勝負《しょうぶ》、エンマがいなかったら絶対《ぜったい》に負《ま》けてた。

あたしの回答《かいとう》に、今度《こんど》はエンマが、はとが豆鉄砲《まめでっぽう》をくったような顔《かお》になる。

「けけけけ。ぶぁーか」

「えええええっ？　なんで笑《わら》うの？　なんでばか!?」

クックツと肩《かた》をゆらして笑《わら》っていたエンマが、やがてお腹《なか》をかかえて笑《わら》いはじめる。

「正解《せいかい》。オレ様《さま》は『パーティー』の救世主様《きゅうせいしゅさま》だ。……だからコレも持《も》ってけ」

しっかりとのりづけされた茶色《ちゃいろ》の封筒《ふうとう》。

手触《てざわ》りから、中《なか》に写真《しゃしん》のようなものが入《はい》ってる感《かん》じがする。

「これは？」

「オレのぶんの嘆願書《たんがんしょ》と写真《しゃしん》。黒崎《くろさき》がいてくれないとオマエが暴走《ぼうそう》してめんどくせーからな」

「エンマ。サンキュー」

「黒崎《くろさき》には、いぜんの借《か》りがある。オレ様《さま》は律儀《りちぎ》だから、１００倍《ばい》にしてかえしてやるだけだ」

「借《か》りってなに？」

「オマエだけには絶対《ぜったい》に教《おし》えねーよ」

本当《ほんとう》は知《し》りたいところだけど、いまはエンマの気《き》もちが、とてもうれしい。

最初《さいしょ》は寄《よ》せ集《あつ》めだったメンバー同士《どうし》の絆《きずな》が、どんどん強《つよ》くなっていく感《かん》じ。

「ありがとう！　これももってくね！」

走《はし》り去《さ》るあたしの後《うし》ろから、声《こえ》が聞《き》こえる。

「あ。あと黒崎《くろさき》にも伝言《でんごん》。『**借《か》りは返《かえ》した**』ってな」

あたしは大《おお》きくうなずくと、ふたたび生徒会室《せいとかいしつ》へむかって走《はし》るのだった。


トントントン。

「失礼《しつれい》します。今日《きょう》は勝負《しょうぶ》の時間《じかん》をつくってくださってありがとうございました」

「お礼《れい》を言《い》うのは私《わたし》のほうです。部活昇格《ぶかつしょうかく》の件《けん》は残念《ざんねん》でしたね」

そういう西園寺会長《さいおんじかいちょう》の声《こえ》は、相変《あいか》わらず冷《つめ》たいトーンだけど、気《き》のせいか。

西園寺会長《さいおんじかいちょう》は「ご用件《ようけん》は？」と笑顔《えがお》で告《つ》げる。

「今回《こんかい》はお願《ねが》いがあってまいりました」

「お願《ねが》い？　なんでしょう？」

「黒崎旺司《くろさきおうじ》くんの新聞部《しんぶんぶ》退部《たいぶ》を取《と》り消《け》してください」

生徒会長《せいとかいちょう》は笑《え》みをくずさず、「ほぅ」とつぶやく。

「それから、『パーティー』編集部《へんしゅうぶ》とのかけもちをゆるしてほしいんです」

あたしの言葉《ことば》に、会長《かいちょう》の目《め》がキラリと光《ひか》る。

「……なぜ私《わたし》にそんなことを？」

「紫村《しむら》さんに相談《そうだん》したら、学園《がくえん》でいちばんえらい生徒会長《せいとかいちょう》ならば、新聞部部長《しんぶんぶぶちょう》のことも、ご存《ぞん》じじゃないかっていわれて。だから新聞部《しんぶんぶ》と編集部《へんしゅうぶ》の嘆願書《たんがんしょ》を、わたしてほしいんです！」

「——なるほど。そういうことですか」

西園寺会長《さいおんじかいちょう》はなっとくしたように、手《て》をたたいた。

「迷《まよ》える子《こ》ひつじは勇敢《ゆうかん》なオオカミさんだったんですね。まぁ、おかけください」

あたしは生徒会長《せいとかいちょう》にうながされるが、辞退《じたい》する。

「みなさんの気持《きも》ちはわかりました。責任《せきにん》もって、新聞部《しんぶんぶ》の部長《ぶちょう》にわたしましょう」

「ありがとうございます！」

「ただし」と会長《かいちょう》は笑顔《えがお》で流《なが》れを断《た》ちきった。

「交換条件《こうかんじょうけん》があります」

「交換条件《こうかんじょうけん》？」

「ええ。それを受《う》けてくださったら、新聞部《しんぶんぶ》の部長《ぶちょう》に、私《わたし》からもお願《ねが》いしておきましょう」

生徒会長《せいとかいちょう》に相談《そうだん》してよかった！

「もちろん！　王子《おうじ》と雑誌《ざっし》を作《つく》るためならば、なんでもします」

西園寺会長《さいおんじかいちょう》は「立派《りっぱ》な決意《けつい》ですね」と微笑《ほほえ》んだあと、信《しん》じられない言葉《ことば》を口《くち》にした。

「今回《こんかい》の件《けん》でよくわかりました。**私《わたし》は、あなたがとてもめざわりです**」

生徒会長《せいとかいちょう》があたしに告《つ》げた言葉《ことば》と、にこやかな笑顔《えがお》がチグハグで、一瞬耳《いっしゅんみみ》をうたがう。

「え……」

「**私《わたし》はあなたのような予測不能《よそくふのう》で、強引《ごういん》で、がさつな人間《にんげん》に吐《は》き気《け》をもよおします**」

ですから。

「あなたを学園《がくえん》にふさわしい真人間《まにんげん》に矯正《きょうせい》します。そのために**私《わたし》とつき合《あ》って頂《いただ》けませんか？**」

西園寺会長《さいおんじかいちょう》が告《つ》げた言葉《ことば》に、あたしは絶句《ぜっく》した――。


「……おもしろい娯楽《ごらく》になりました」

ひろい生徒会室《せいとかいしつ》にある黒《くろ》い人影《ひとかげ》は2つ。

ボタリ。

生徒会室《せいとかいしつ》に活《い》けられている薔薇《ばら》が、むざんにハサミで切《き》りきざまれる。

「私《わたし》のシナリオとは変《か》わってしまいましたが、先《さき》の見《み》えるゲームばかりであきていたところです」

「……」

バサリ。バサリ。

花《はな》がおちる音《おと》がしずかな空間《くうかん》に響《ひび》く。

「そういえば不可解《ふかかい》な出来事《できごと》がありました。『パーティー』の記事《きじ》を全部燃《ぜんぶも》やそうと、生徒会《せいとかい》の手《て》の者《もの》を送《おく》ったのに、なぜか青木《あおき》トウマの原稿《げんこう》だけは見《み》つからなかった」

切《き》りきざまれた花《はな》が、ゆかを赤《あか》くそめる。

「『パーティー』のメンバーが部室《ぶしつ》をでたあとに、部屋《へや》に入《はい》った人影《ひとかげ》をみた——そんな情報《じょうほう》が入《はい》ってきましてね。危険《きけん》をおかして、原稿《げんこう》を守《まも》ったのかも知《し》れません。どう思《おも》いますか。**黒崎《くろさき》くん**」

「——さあ。俺《おれ》にはわかりません」

顔色《かおいろ》を変《か》えずに答《こた》える王子《おうじ》に、西園寺会長《さいおんじかいちょう》ははりついた仮面《かめん》のような笑顔《えがお》をくずさない。

「みてください。新聞部部長宛《しんぶんぶぶちょうあて》に、編集部《へんしゅうぶ》と新聞部《しんぶんぶ》からの嘆願書《たんがんしょ》です。モテモテですね。黒崎《くろさき》くんは」

「……」

西園寺会長《さいおんじかいちょう》は、『新聞部部長《しんぶんぶぶちょう》 宛《あて》』と書《か》かれた封筒《ふうとう》にためらいなく、ハサミを入《い》れていく。

「――赤松《あかまつ》くん、いつの間《ま》に写真《しゃしん》を手《て》に入《い》れたんでしょうね」

エンマの名前《なまえ》が入《はい》った封筒《ふうとう》には、西園寺会長《さいおんじかいちょう》が、新聞部《しんぶんぶ》の記事《きじ》の確認《かくにん》をしている写真《しゃしん》と、スマホのテキスト画面《がめん》を撮影《さつえい》した写真《しゃしん》が入《はい》っている。

それは新聞部《しんぶんぶ》との勝負《しょうぶ》の日《ひ》、エンマが西園寺会長《さいおんじかいちょう》に見《み》せたものだった。

『スクープ！　新聞部部長《しんぶんぶぶちょう》は生徒会長《せいとかいちょう》・西園寺《さいおんじ》しのぶ』

興味《きょうみ》なさそうに写真《しゃしん》を手《て》にとると、西園寺会長《さいおんじかいちょう》は細《こま》かくハサミを入《い》れていく。

「――アイツの情報収集能力《じょうほうしゅうしゅうのうりょく》はすごいです」

「ふふふ。下手《へた》な仲間意識《なかまいしき》は禁物《きんもつ》ですよ。黒崎《くろさき》くん」

君《きみ》はこちら側《がわ》の人間《にんげん》なんですからと、生徒会長《せいとかいちょう》は微笑《ほほえ》んだ。

「それから……君《きみ》の幼《おさな》なじみの白石《しらいし》ゆのさん。彼女《かのじょ》、めざわりですね」

不快《ふかい》さを全面《ぜんめん》にだした声《こえ》に、王子《おうじ》は一瞬《いっしゅん》だけ身体《からだ》をこわばらせた。

「ああしたくだらない人間《にんげん》は、従順《じゅうじゅん》な生徒《せいと》たちをいたずらに扇動《せんどう》する。危険《きけん》です」

「――西園寺会長《さいおんじかいちょう》が気《き》にする必要《ひつよう》もないですよ」

王子《おうじ》の言葉《ことば》に、西園寺会長《さいおんじかいちょう》は満足気《まんぞくげ》にうなずいた。

「平静《へいせい》さを失《うしな》ってませんか？　黒崎《くろさき》くんは白石《しらいし》さんがからむとナイトのようですね」

実《じつ》におもしろい、と表情《ひょうじょう》をゆがめ、西園寺会長《さいおんじかいちょう》が花《はな》に手《て》をかける。

「おもしろそうなので、私《わたし》もゲームに参加《さんか》することにしました」

「！　会長《かいちょう》それは！」

声《こえ》をあららげる王子《おうじ》に、生徒会長《せいとかいちょう》は「ひみつです」と冷笑《れいしょう》する。

「――それよりも。この街《まち》にあの人《ひと》が帰《かえ》ってきたといううわさを聞《き》きましたよ」

生徒会長《せいとかいちょう》の言葉《ことば》に、ピクリと王子《おうじ》の身体《からだ》がかたくなる。

「伝説《でんせつ》の雑誌《ざっし》・『パーティー』の編集長《へんしゅうちょう》・宝井秀人《たからいひでと》」

「……そうですか」

「最後《さいご》に」と会長《かいちょう》は言葉《ことば》をつむぐ。

「黒崎《くろさき》くん、君《きみ》のいちばんの願《ねが》いはなんですか？」

「次《つぎ》の新聞部部長《しんぶんぶぶちょう》になることです」

決意《けつい》の固《かた》い王子《おうじ》の言葉《ことば》に、西園寺会長《さいおんじかいちょう》は満足気《まんぞくげ》にうなずく。

「よろしい。従順《じゅうじゅん》な答《こた》えです。物事《ものごと》に順位《じゅんい》を決《き》めなさい。決《き》めたら迷《まよ》ってはいけない。胸《むね》にしっかり刻《きざ》みなさい」

朗々《ろうろう》と告《つ》げる西園寺会長《さいおんじかいちょう》の顔《かお》は、神父《しんぷ》のイメージとはかけ離《はな》れたものだった。

「新聞部部長《しんぶんぶぶちょう》は、学園《がくえん》の情報《じょうほう》すべてを受《う》け継《つ》ぐ唯一《ゆいいつ》の人間《にんげん》。君《きみ》がその器《うつわ》にふさわしい人物《じんぶつ》か、見《み》極《きわ》めさせていただきます」

西園寺会長《さいおんじかいちょう》はハサミの柄《え》で、王子《おうじ》の胸《むね》をトンとおす。

「すべて私《わたし》の胸三寸《むねさんずん》だということを忘《わす》れないよう」

「**――はい、新聞部部長《しんぶんぶぶちょう》**」

19 あらたな門《かど》出《で》は汚部屋《おべや》から!?

「それじゃあ、正式《せいしき》に部活《ぶかつ》に昇格《しょうかく》した記念《きねん》に！　カンパーイ！」

「「「カンパイ！」」」

みんながジュースでカンパイする。

「それにしても、いちごパンツはオレの次《つぎ》に情報通《じょうほうつう》だな。青木《あおき》ミヤのグラビアを入《い》れようなんて。オマエが言《い》いだすまで、思《おも》いつかなかったぜ」

「あ、あの〜。みんなが言《い》ってる『ニコルル』の蒼井《あおい》ミアってだれ？」

「はぁ？　知《し》らないで依頼《いらい》してたのかよ！　青木《あおき》ミヤは学校《がっこう》にないしょで読者《どくしゃ》モデルやってんだよ。しかも超《ちょう》カリスマ」

ひええええ。

ミヤ先輩《せんぱい》のウィンクは、やっぱりそういう意味《いみ》だったの!?

だからミヤ先輩《せんぱい》は、あんなに正体《しょうたい》がバレることを嫌《いや》がってたのか！

「トウマ先輩《せんぱい》、本当《ほんとう》ですか!?」

「僕《ぼく》と血《ち》がつながってるんだよ？　そのくらいあたりまえでしょ」

「そうだったのかあああ」

「野性《やせい》の勘《かん》か——新聞部《しんぶんぶ》がかなわなかったはずだ」

あたしは改《あらた》めて王子《おうじ》にむき直《なお》る。

「あらためて。ようこそ、『パーティー』編集部《へんしゅうぶ》へ。王子《おうじ》」

王子《おうじ》がようやく本当《ほんとう》の仲間《なかま》になった。

そのおかげで、あたしたちは正式《せいしき》な部活《ぶかつ》に昇格《しょうかく》したんだ。

モチロンあたしとしてはそっちもハッピーだけど。

あのあと灰塚先輩《はいづかせんぱい》から連絡《れんらく》があって、王子《おうじ》の新聞部《しんぶんぶ》と編集部《へんしゅうぶ》のかけもちが決《き》まった。

王子《おうじ》が正式《せいしき》に『パーティー』の仲間《なかま》になったことが、心《こころ》からうれしい。

——これでよかったんだ。

「ゆのさん。どうしました？」

ポンと、あたしの肩《かた》に手《て》を置《お》き、しおりちゃんが心配《しんぱい》そうにこちらを見《み》つめる。

「え？　なんでもないよ。大丈夫《だいじょうぶ》」

あたしはいそいで笑顔《えがお》を作《つく》る。

そして急《いそ》いで王子《おうじ》にむき直《なお》った。

「そうだ！　王子《おうじ》、いちおう新入部員《しんにゅうぶいん》なんだから、なんか目標《もくひょう》を！」

あたしの言葉《ことば》に、王子《おうじ》がいじわるそうに薄《うす》く笑《わら》う。

「――それじゃあ、えんりょなく。まずこの部室《ぶしつ》。ちらかりすぎてる。俺《おれ》が入部《にゅうぶ》したからには、絶《ぜっ》つ対《たい》に部室《ぶしつ》を汚部屋《おべや》にしない」

ぎえええええええええ。いきなりそれ⁉

「そうでしょうか？　私《わたし》の魔術室《まじゅつしつ》もこんな感《かん》じですよ」

「銀野《ぎんの》……唯一《ゆいいつ》のたのみのつなだったのに」

「こら！　黒崎《くろさき》！　オレは情報《じょうほう》だけはキレイに整理《せいり》してるぜ！」

「情報《じょうほう》以外《いがい》は整理《せいり》しないってことだろ！　いばるな！」

「こう、物《もの》に囲《かこ》まれてる安心感《あんしんかん》？　けっこう癖《くせ》になる快適《かいてき》さだよ――あ」

あたしが引《ひ》きだしをあけると、その奥《おく》にクリアファイルがひっかかっていた。

おそるおそるそれを開《ひら》くと――。

「――**あった**」

「え？」

「虹色《にじいろ》の万年筆《まんねんひつ》。大事《だいじ》にしまいすぎて、引《ひ》きだしの奥《おく》にはさまってた…みたい」

あたしの告白《こくはく》に、全員《ぜんいん》がギョッとした顔《かお》をする。

「ゆのさん。虹色《にじいろ》の万年筆《まんねんひつ》は宝物《たからもの》なんですよね？」

ウッ。ソウデス。宝物《たからもの》デス。

「あこがれてる編集長《へんしゅうちょう》にもらったんだよな？」

……ハイ。神《かみ》とあがめる宝井秀人《たからいひでと》編集長《へんしゅうちょう》からのいただきものです。

「いつか大切《たいせつ》な物《もの》をなくすぞって言《い》っただろう！　**今《いま》すぐかたせええええっ！**」

「なくしてないもん！　大事《だいじ》にしまいすぎてただけだもん！」

「「「「**見《み》つからなきゃなくしたのと同《おな》じだろ（です）ー！**」」」」

全員《ぜんいん》の総《そう》ツッコミに、あたしは体《からだ》をまるめる。

「ごめんなさい！　片《かた》づけます！　明日《あした》のあたしが片《かた》づけます！」

せっかくのお祝《いわ》いだもん。今《いま》はパーッとさわぎたい！

今日《きょう》のあたしは片《かた》づけないけど、明日《あした》のあたしがなんとかするよ。（たぶん）

「明日《あした》になったらまた『明日《あした》のあたし』におしつけるんだろうが！　部室《ぶしつ》まで汚部屋《おべや》にするなあああっ！」

ゲッ、バレてる!!　さすが王子《おうじ》!!

「ぎゃあああ、ご勘弁《かんべん》をおおおお！」

あたしたちのやりとりに、みんながドッと笑《わら》う。

ようやくこれで、本当《ほんとう》のスタートがきれる。

見《み》ていてね、天国《てんごく》のパパ。

そして宝井編集長《たからいへんしゅうちょう》、ここでとびきり面白《おもしろ》い雑誌《ざっし》を作《つく》るから。みんなで！


カタン。

部室《ぶしつ》の前《まえ》に置《お》かれた花束《はなたば》と、虹色《にじいろ》のポストカード。

「部活昇格《ぶかつしょうかく》おめでとう！　新入部員《しんにゅうぶいん》くん、お手並《てな》み拝見《はいけん》　H《エイチ》・T《ティー》」

その手紙《てがみ》とプレゼントにあたしたちが気《き》づくのは、この楽《たの》しいパーティーが終《お》わってからだ。

こちらパーティー編《へん》集《しゅう》部《ぶ》っ！ 3巻《かん》のお知《し》らせ！

なんとか無事《ぶじ》に、部活《ぶかつ》として活動《かつどう》できるようになったパーティー編集部《へんしゅうぶ》。だけど……。

しおりちゃんの爆弾発言《ばくだんはつげん》もあったけど、部活《ぶかつ》の今後《こんご》のことも考《かんが》えて――。

なぜか この人《ひと》も参加《さんか》

合宿《がっしゅく》でやることといえば……
やっぱりBBQ《バーベキュー》!!
スパーン！
あそびにきたんじゃない！
そうよ！いちゃいちゃすんじゃないわよ！
え？
さっさと誤植《ごしょく》を直《なお》さないかーーー!!
ぎええーっ
ええっ!!
エリート新聞部《しんぶんぶ》もいるのですがっ!!
そういえば……
西《さい》園《おん》寺《じ》生《せい》徒《と》会長《かいちょう》
2人《ふ・た・り》の関係《かんけい》ってどーなってるの？
ゆの
こちらパーティー編《へん》集《しゅう》部《ぶ》っ！ 3
2015年《ねん》5月《がつ》
発《はつ》売《ばい》予《よ》定《てい》

あとがき

いまはじめてこの本《ほん》を手《て》にとってくれた、そこの君《きみ》！（にげないで！）はじめまして☆
2巻《かん》も手《て》にとってくださった「あなた」。おひさしぶり！　また会《あ》えて、幸《しあわ》せです!!
たくさんの人《ひと》に支《ささ》えられ、『こちらパーティー編集部《へんしゅうぶ》っ！』（略《りゃく》して『こちパっ！②』）を、ぶじお届《とど》けすることができました。わーい、わーい☆　ダメかと思《おも》った〜！（ええっ!?）
今回《こんかい》はホンモノの部活《ぶかつ》にレベルアップするべく、へっぽこ編集部《へんしゅうぶ》とエリート新聞部《しんぶんぶ》が戦《たたか》うおはなし。戦《たたか》いといっても、「なぐりあって血《ち》がドバーッ！」とかじゃないから、安心《あんしん》してね！
……で、でも大丈夫《だいじょうぶ》っ!?、みんな、ひいてないですか〜（ドキドキ）……と言《い》うのも……。
担当《たんとう》さん「イキナリゆの部屋《へや》が、ここまできたないってバラして大丈夫《だいじょうぶ》？」
私《わたし》「これ、私《わたし》の部屋《へや》と同《おな》じですよー♪　女子《じょし》はだいたいそうですって！　あはは」↑断言《だんげん》
担当《たんとう》さん「……。女子《じょし》がそうだと言《い》うならば……」（担当《たんとう》さんは男子《だんし》）
ぎゃっ、思《おも》わず断言《だんげん》しちゃった！　お部屋《へや》がキレイなみんな、ごめんなさーいっ！

「ごめんなさい」といえばもうひとつ！　勝負《しょうぶ》では色々《いろいろ》ありましたが、本当《ほんとう》は新聞《しんぶん》も好《す》きですっ。全国《ぜんこく》の新聞部《しんぶんぶ》のみなさん、応《おう》えんしてるよ！　がんばってね！

最後《さいご》にお礼《れい》コーナーその1を。『言葉《ことば》の標本《ひょうほん》』のはがきをありがとう！　今後《こんご》も紹介《しょうかい》していく予定《よてい》なので、ドシドシ送《おく》ってね！　お手紙《てがみ》をくださったみなさん。お返事《へんじ》は届《とど》きましたか？　お手紙《てがみ》をいただくと、私《わたしアンド》&パーティーのだれかから、お手紙《てがみ》が届《とど》くはず。お楽《たの》しみに！

つばさ文庫《ぶんこ》のホームページにコメントをくださったみなさんにもお礼《れい》を！　印刷《いんさつ》してお手紙《てがみ》と一緒《いっしょ》に宝物《たからもの》にしています。

お礼《れい》コーナーその2！　今回《こんかい》も天《てん》にものぼるステキなイラストを描《か》いてくださった榎木先生《えのきせんせい》。新《あたら》しくお世話《せわ》になりまくってます担当《たんとう》のO様《さま》。1巻《かん》でお世話《せわ》になりました担当《たんとう》のT様《さま》をはじめ、この本《ほん》にたずさわってくださったすべてのみなさまと、大切《たいせつ》な家族《かぞく》や友《とも》だちにも感謝《かんしゃ》！

そして最大《さいだい》の感謝《かんしゃ》は、いまこの本《ほん》を手《て》にとってくださっている「あなた」へ。

次回《じかい》はパーティー編集部《へんしゅうぶ》のみんなが「合宿《がっしゅく》」に行《い》くおはなし。私《わたし》も編集者時代《へんしゅうしゃじだい》には、編集部《へんしゅうぶ》のみんなで編集合宿《へんしゅうがっしゅく》へ行《い》きました。（なつかしや〜）２０１５年5月発売予定《がつはつばいよてい》です。

また3巻《かん》でも「あなた」に会《あ》えますように！　（まだまだオマケページはつづくよ♪）

深海《ふかみ》ゆずは

Character Profile #2

黒崎《くろさき》旺司《おうじ》

誕生日《たんじょうび》

6月《がつ》10日《とおか》。頭《あたま》の回転《かいてん》が速《はや》い双子座《ふたござ》！

血液型《けつえきがた》

A型《がた》。「きっちりしすぎてる性格《せいかく》だよ！（ゆの談《だん》）」

家族《かぞく》

父《ちち》、祖母《そぼ》。

身長《しんちょう》

157センチ。

好《す》きなもの

ゆのの作《つく》る『パーティー』、新聞《しんぶん》、本《ほん》、数学《すうがく》、ミステリー、映画《えいが》、コーヒー、すき焼《や》き、運動《うんどう》、白石《しらいし》ゆかりのマンガ、貯金《ちょきん》、クイズ。

嫌《きら》いなもの

ゆのが作《つく》る前《まえ》の『パーティー』、甘《あま》すぎるもの、辛《から》すぎるもの、絶叫《ぜっきょう》マシン、むだづかい、計画性《けいかくせい》や理由《りゆう》がないこと、うるさい場所《ばしょ》、寒《さむ》さ。

好《す》きな本《ほん》

『三国志《さんごくし》』『シャーロックホームズ』

人生《じんせい》で心《こころ》にのこった言葉《ことば》

「あたしが家族《かぞく》になるよ」

ゆの

大人《おとな》っぽく見《み》えても、すぐムキになるところもあるんだよー。このまえなんか……ギャー！　ウソウソ、告《つ》げ口《ぐち》しませーん！

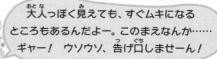

ハルちゃんの編《へん》集《しゅう》講《こう》座《ざ》

あら、また編集用語《へんしゅうようご》について知《し》りたいの？
その熱意《ねつい》、とってもステキだわー。じゃあ、
しっかり教《おし》えてあげなくちゃね！

誤植《ごしょく》（P14）

文字《もじ》の誤《あやま》りのことね。原稿《げんこう》どおりに印刷《いんさつ》するために、印刷所《いんさつじょ》で文《も》字《じ》を組《く》み合《あ》わせることを「植字《しょくじ》」というのよ。「植《しょく》」の字《じ》はここからきているの。みんなは、ゆのちゃんみたいにならないでね！

校正《こうせい》（P47）

印刷《いんさつ》して出《で》てきたゲラ（試《ため》し刷《ず》り）に誤植《ごしょく》などがないかチェックして修正《しゅうせい》することね。校正《こうせい》をくり返《かえ》して、正確《せいかく》な内容《ないよう》にするの。ゆのちゃんから、新聞部《しんぶんぶ》の灰塚《はいづか》くんが得意《とくい》って聞《き》いたわ。

ネーム（P129）

前《まえ》もってコマ割《わ》りや構図《こうず》、キャラの配置《はいち》など大《おお》まかなお話《はなし》の流《なが》れをマンガ家《か》さんが決《き》めたものよ。右《みぎ》の図《ず》のようなものね。

三《み》ツ星《ほし》学《がく》園《えん》情《じょう》報《ほう》局《きょく》

ここでは、みんなから応募《おうぼ》してもらった『言葉《ことば》の標《ひょう》本《ほん》』を、紹介《しょうかい》しちゃいます！　すっごく心《こころ》に残《のこ》る言葉《ことば》や、一度《いちど》聞《き》いたら忘《わす》れられない言葉《ことば》がたくさん届《とど》いたよ！

嵐《あらし》の雲《くも》もはるか上《うえ》は上天気《じょうてんき》

（かいとうピンク さん）

くじけそうになった時《とき》に、塾《じゅく》の先生《せんせい》が自分《じぶん》のモットーとして教《おし》えてくれました。いくら苦《くる》しいことがあっても、その後《あと》にいいことがあると思《おも》って立《た》ち直《なお》れた感動《かんどう》の言葉《ことば》です。

うおー！　なんていい言葉《ことば》！「おひさまめがけてがんばろう」ってあたしも思《おも》えたよ。ステキな言葉《ことば》だね！

編《へん》集《しゅう》後《こう》記《き》　こちパ倶楽部《くらぶ》

ゆの「今回《こんかい》も、あぶなかった！」

王子《おうじ》「汚部屋《おべや》がバレたことか？　部《ぶ》室《しつ》まで汚部屋《おべや》にしたことか？」

ゆの「ぎゃっ、王子《おうじ》のイジワル！」

しおり「では……雑誌《ざっし》の文字《もじ》まちがいのほうでしょうか？」

エンマ「けけけ。覚《おぼ》えたぜ。『誤植《ごしょく》』っていうんだろ？」

ゆの「覚《おぼ》えなくていいってば！　……いや、覚《おぼ》えた方《ほう》がいいのかっ」

エンマ「そういえば、また新聞部《しんぶんぶ》の灰塚《はいづか》から新《あたら》しい『パーティー』の赤《あか》字《じ》をもらったんだって？」

しおり「灰塚先輩《はいづかせんぱい》の赤字《あかじ》、わたしも見《み》ておきたいです」

ゆの「……うっ。ここだけのヒミツにしてくれる（涙《なみだ》）」

ゆの以外《いがい》「コクリ（うなずく）」

ゆの「約束《やくそく》だよ！」

エンマ「こ……これはっ」

しおり「よりによって――」

トウマ「また僕《ぼく》のページにあるじゃ

泣《な》いたらそのぶん、笑《え》顔《がお》がふえる。

（白馬《はくば》の王子様《おうじさま》 さん）

私《わたし》が夜《よる》、泣《な》いて泣《な》いて泣《な》き続《つづ》けて、目《め》がはれたときがありました。そんなとき、友《とも》だちに言《い》われたんです。

友《とも》だちに言《い》われた言葉《ことば》だなんて、くーっ、感動《かんどう》的《てき》っ！　友《とも》だちのそんざいって宝物《たからもの》だよね。あたしもようやくできた友《とも》だち、大事《だいじ》にしよう。

人《ひと》は必要《ひつよう》な時《とき》に必要《ひつよう》な人《ひと》と出会《であ》う。

（TAKARA《タカラ》 さん）

4年生《ねんせい》の時《とき》に、実習生《じっしゅうせい》の先生《せんせい》が教《おし》えてくれた言葉《ことば》なんだって。人《ひと》との出会《であ》いを大切《たいせつ》にしたくなる言葉《ことば》だね！

自分《じぶん》の未来《みらい》は自分《じぶん》で変《か》えられる

（ねこ さん）

ねこさんは不安《ふあん》になっていた時《とき》に、この言葉《ことば》を見《み》て勇気《ゆうき》がわいてきたんだって。自分《じぶん》の未来《みらい》を変《か》えられるのは自分《じぶん》だけ。あたしもそう思《おも》うんだ！

ないかああああああっ！」

ゆの「ひー―！　トウマ先輩《せんぱい》！」

王子《おうじ》「3時間《じかん》の土下座《どげざ》じゃ学習《がくしゅう》しないのが、コイツなんですよ」

ゆの「トウマ先輩《せんぱい》！　もっとおわびの気持《きも》ちを伝《つた》えるべく、すごい土下座《どげざ》を考案《こうあん》したんです！　見《み》ます？」

トウマ「……（ちょっと見《み》たい）」

しおり・エンマ「（すごく見《み》たい）」

王子《おうじ》「――本《ほん》っ当《とう》に、想像《そうぞう》のななめ上《うえ》をいくやつだな……」

深海ゆずは／作
東京都大田区在住。第２回角川つばさ文庫小説賞一般部門の最高の賞である《大賞》を受賞し、作家デビュー。射手座のＢ型。趣味は旅行と食べ歩き。ごはんはいつもおかわりします。好きな言葉は「想像力より高く飛べる鳥はいない」「迷った時は前に出ろ」。

榎木りか／絵
埼玉県在住のマンガ家。著書に、『シュガーガール，シュガードール』全２巻（シルフコミックス）など。現在、雑誌「シルフ」にて『３LDKの王様』を連載中。
公式ブログhttp://rikakarintou.jugem.jp/

角川《かどかわ》つばさ文庫《ぶんこ》　Aふ3-2

こちらパーティー編集部《へんしゅうぶ》っ！②

へっぽこ編集部《へんしゅうぶ》VS《ヴァーサス》エリート新聞部《しんぶんぶ》!?

作《さく》　深海《ふかみ》ゆずは
絵《え》　榎木《えのき》りか

2015年1月15日　初版発行

発行者　塚田正晃
発行所　株式会社KADOKAWA
〒102-8177　東京都千代田区富士見 2-13-3
03-3238-8521（営業）
http://www.kadokawa.co.jp/
編　集　アスキー・メディアワークス
〒102-8584　東京都千代田区富士見 1-8-19
03-5216-8380（編集部）
印　刷　大日本印刷株式会社
製　本　大日本印刷株式会社
装　丁　ムシカゴグラフィクス

ISBN978-4-04-631466-6　C8293　　N.D.C.913　255p　18cm